G

咕
噜
GuRu

神婆爱吃

——著

海错图爱情笔记

鱼水之欢

上海三联书店

黄鱼【浪叫式】

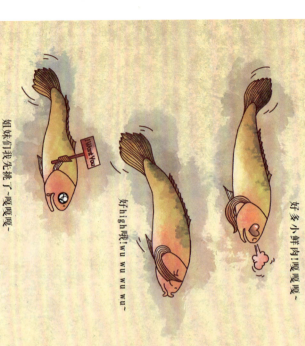

好多小鲜肉!嘤嘤嘤~

好high哎!wu wu wu~

姐妹们我先挑了~嘤嘤嘤~

嘤~嘤嘤~嘤嘤嘤嘤~

呜呜~呜呜~呜呜

Pick me! 嘤嘤嘤

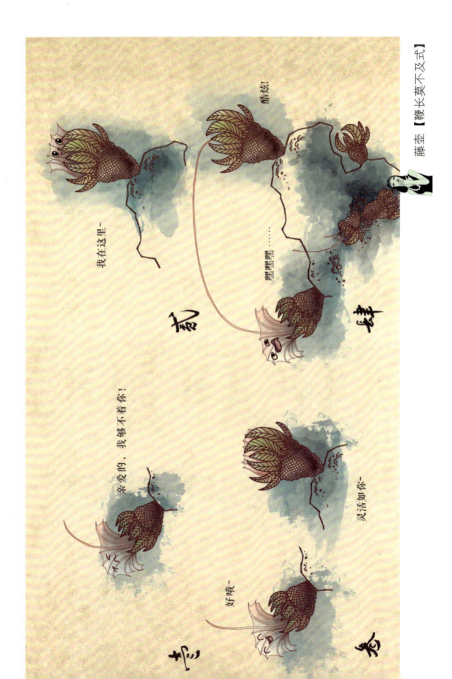

香鱼【追尾式】

亲一下别跑!

别抓我!

Come on! 宝贝~

游泳冠军优先!

找我爱爱要排队哦~

来呀! (wink~

拉面吃吗？

好（害羞）~

宝贝，我来负责！ 放心！

要来我洞里坐坐吗？

孩子就交给你了！

Emmm~

石斑鱼 【电臀舞会式】

一起吧~

你也是~

我也可以~

Boom shakalaka!

你的尾巴真性感!

我还有电动小马达!

Shake shake!

鲥鱼【近亲式】

一起吧！

我把宝宝留这里！

妹妹跟上！

哥你慢点游~

那就休息一下。

真的游不动了！

海鲫鱼 [交尾式]

爱

亲爱的，你说孩子像我还是像你呢？

希望遗传你健壮的鱼鳍！

爱你（摆尾巴）！

那也要遗传你美丽的鳞片！

我也是（摆尾巴）！

水母【玉女心经式】

我准备好了!

我们也感受到了!嘿嘿!

呼呼呼呼……

水神水神,
一定要把我的爱带给女神~

我感受到了你的爱!

新香水味道真不错!

那是爱情的味道,真香!

就这样抱着不动好几天……

亲爱的,sorry,还没做好准备,我去脱个毛。

就知道你会负责。

等你硬了我再走

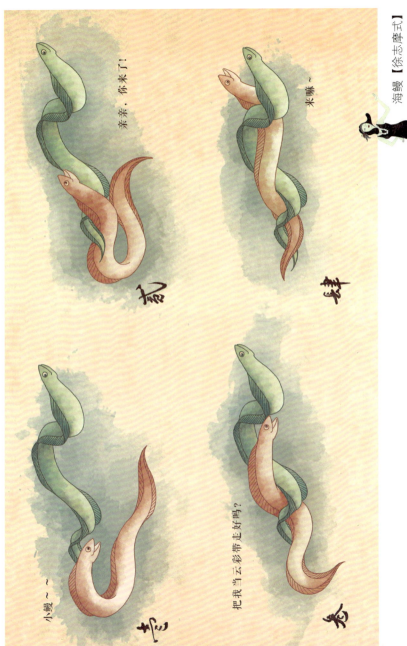

亲亲，你来了！

来喽~

小鳗~

把我当云彩带走好吗？

卷

刁

你嘴巴也好看！

你真好一

你真好看~

盔

长卷

你牙齿也好看！

你眼睛也好看！

别废话！盘我！

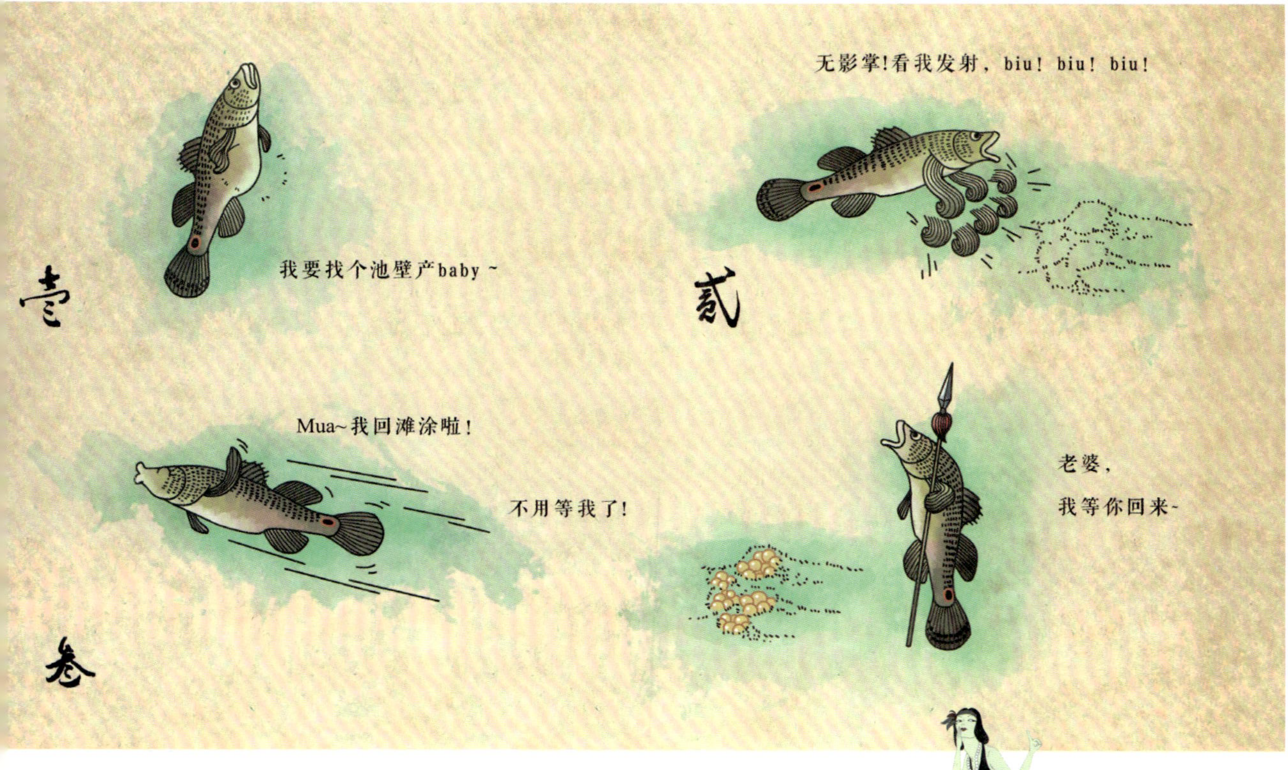

壹
我要找个池壁产baby ~
贰
无影掌!看我发射，biu！biu！biu！
叁
Mua~我回滩涂啦！
不用等我了！
老婆，
我等你回来~

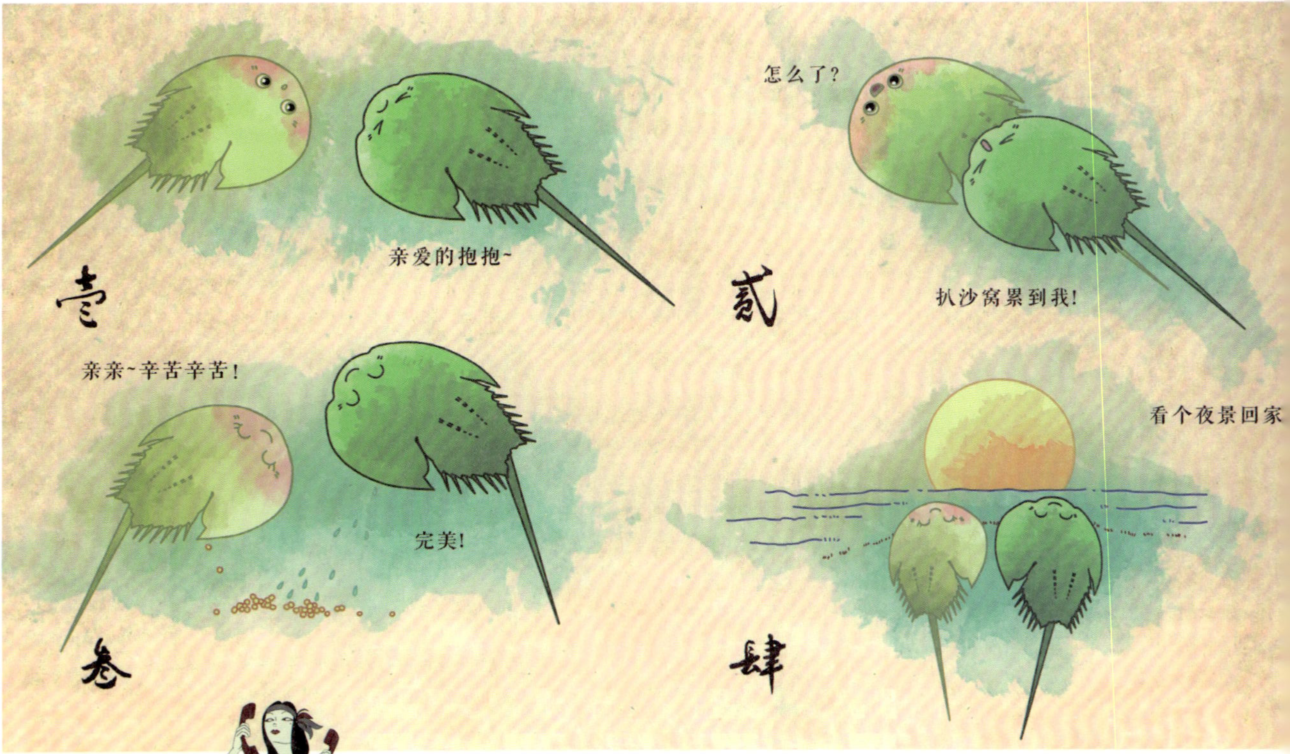
壹
亲爱的抱抱~
贰
怎么了?
扒沙窝累到我!
叁
亲亲~辛苦辛苦!
完美!
肆
看个夜景回家

心甘情愿。
一生只爱你一个。

亲爱哒，
辛苦你要为我生娃了。

爸爸～ 爸爸～ 爸爸～ 爸爸～
爸爸～ 爸爸～ 爸爸～

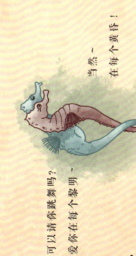

可以请你跳舞吗？
爱你在每年每个黎明～

当然～
在每个黄昏！

亲爱哒，把娃交给我。

河豚【咬脸式】

这是我们的爱巢!

不准咬我脸, 再咬就要破了!

你找别人玩SM吧!

亲亲而已!

亲爱的你别走……

马鲛鱼【秀场式】

喜欢衣服更爱你哦～

嗒嗒嗒～

今年秀场新衣服喜欢吗？

你最甜～！

海参 【鸡鸡复鸡鸡式】

亲爱的，
我们两个这次谁男谁女？

石头剪刀布？

么么哒~

跟我爱爱最卫生，
因为我的鸡鸡是一次性的！

好棒！

看看，新的！

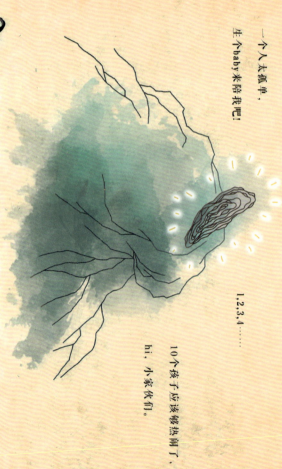

一个人太孤单，
生个baby来陪我吧！

1，2，3，4……

10个孩子应该够热闹了，
hi，小家伙们。

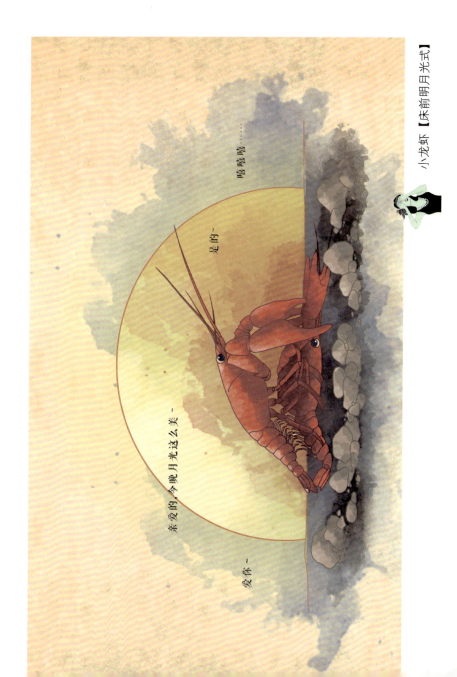

鮟鱇鱼【吸式】

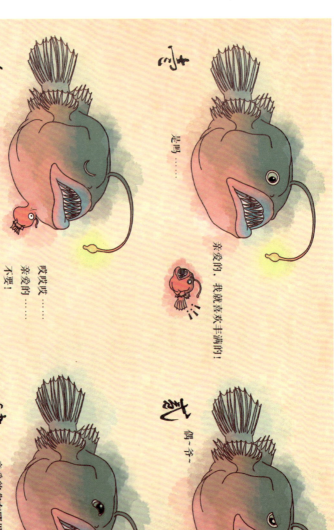

是吗……

亲爱的，我就喜欢丰满的！

偶～分～

爱你！

（公鱼化为两颗蛋……

是

我也好爱你！

哎哎哎……
亲爱的……
不要！

寻

亲爱的你在哪里？

爱爱之后你就是硬骨头了！

亲爱的，
好棒！

可是我举不起来……

哇哎~

身材好好！

西施舌 【千鸡变式】

你怎么有那么多鸡鸡!

不是鸡鸡!？

奇怪……可以专业点吗?

你愿意叫鸡鸡就鸡鸡,

哈泥.

你永远是对的!

鲨鱼【SM式】

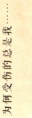

我有两个鸡鸡哦~!

壹

为何受伤的总是我……

肆

不,你要的!

亲爱的,不要!

贰

不要就是不要!

叁

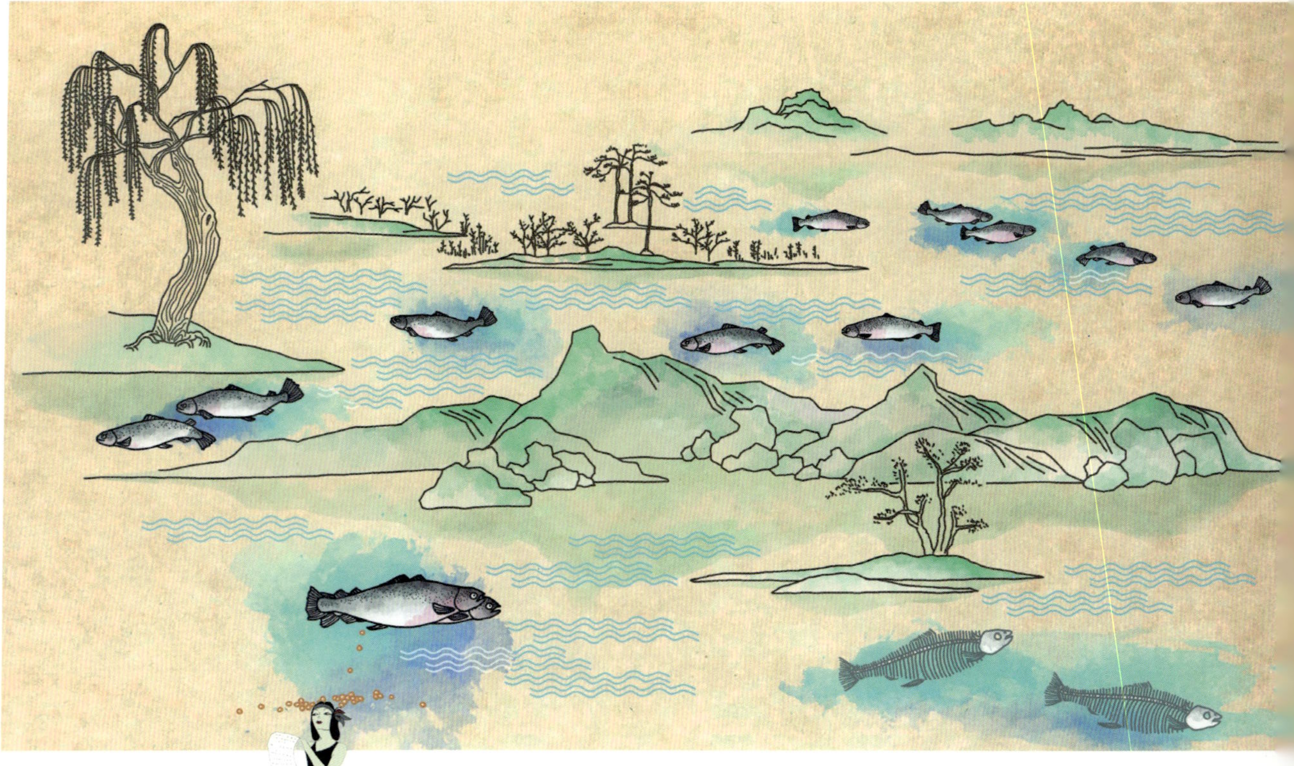

三文鱼【千里殉情式】

江豚【凹凸式】

亲亲～!

快来陪我玩啦～

今天我们比较一下泳姿～

没问题

一直陪你!

只需15日！

但是好会生怎么办……

嘤嘤嘤……无性婚姻！

海底无波，骊珠无限。

———— 清·聂璜《海错图》

自序

这辈子我最放不下的事，就是吃喝和爱情。我看康熙三十七年(1698年)写《海错图》的聂璜也差不多。《海错图》虽然只是一部古代海洋生物图鉴，但笔墨呆萌，妙趣横生，每每细细描摹完一种水产，都要赋小赞一首。闽南有种长小疙瘩的绿色小蚌，"壳有瘟(疙瘩)，剖之无肉而红蟹栖焉"。他就敢用小诗"看绿衣郎拥红袖女，你便是我我便是你"写"绿蚌化红蟹"的浪漫，惹得我好喜欢。怪不得乾隆、嘉庆、宣统等皇帝都有同感！

其实，我决定写《海错图爱情笔记》之前，除了对美人鱼稍许存有非分想法外，并不觉得海洋生物的爱情与我有关。但当我人间巨猫般年年按季节迎着鲜湿海风大吃大喝后，发现海洋生物洄游、交配和产卵与美味息息相关。

对古代海洋生物的描述里有太多聂璜带着荒淫口水的

想象，我不是生物学家，能做一个生物尝家已是万幸。我只能从吃过的、听过的、看见过的有趣的人和难忘的饭局里，整理出有意义的片段来。

纵观整个水生鲜物的历史，以及我与它们的因缘，也许咸淡都不是问题。为了让美味更近一些，我特别加入一些内陆人熟悉的淡水鱼类。鱼类与人类一样，换一个环境生活，经时光酝酿，可能就进化成另一个种类，像海鲫鱼与鲫鱼。也有不少像三文鱼那样的洄游鱼类，偏要经历淡咸两种水域，才能找到真爱。大海与河流湖泊，并没有想象中那么远。

我按捺不住面红耳赤，挺着吃撑的小腹，饶有兴致写下这本书时，也希望竭泽而渔的事不要再度发生。我至今记得久石让在北极冰河里录下"潺潺"时的那一脸兴奋，他说那是这世界上最纯净的音乐。好环境、好时节、好食材、好厨师为我们带来的每一口"好"，都应该有耐心去珍惜，就像我们珍惜爱情一样。

有节制的爱，才长久。希望这本书能鲜到你们。

Contents

目录

顺水有情人

[*Aristichthys nobilis*]

包头鱼

南方人总说春鳊夏鲍秋鳊冬鲮,

春天里, 我把《海错图》的海水搅了搅,

让我先吃杂淡水鱼之首,

润个唇垫个饥。

——神婆

很多鱼好吃在少见，

包头鱼好吃在常见。

青春期，

我梦见过和包头鱼激吻，

舌头濡湿鱼头每个隐秘的缝隙。

那是江浙孩子记忆中，

长大的味道。

包头鱼其实是种可怜的鱼，因为那种好吃像是家里的糟糠之妻，没人提起就想不起来，但肯定离不开。远方的丈夫说想念，最好在喝醉酒后，否则怎么听都言不由衷，但回到家，肯定就是她了。前几天我看到北京的朋友晒了个鱼头泡饼，半夜就直勾勾了，我的胃足足淫乱了一小时才硬生生歇着——对江南孩子来说，包头鱼，进可红焖，退可剁椒，白乳汤与糖醋芡汁两相宜，怎么做都好吃。

包头鱼爱称多，最可爱的叫胖头鱼，最平庸的叫鳙鱼，生活在长江流域下游地区，东北、华北少见，和青鱼、草鱼、鲢鱼并称中国"四大家鱼"。南北鳙鱼成年后身材上有些悬殊——东北的大，华南的小，体重可以差一倍。但不管是魁梧与窈窕，它们都喜欢做顺水情人。在长江的干支流中，每年4月下旬至7月上旬，绵绵雨水让雌雄鳙鱼谈恋爱的热情随水位与水温升高。溯流也是寻找爱侣的过程，鳙鱼此时性腺迅速成熟（雄鱼比雌鱼早熟一年），鼓胀着，轻压生殖孔会有乳白液体流出，为体外"浇花"做足准备。雄鱼胸鳍前也有了似刀的锋口——不知道这硬朗的胸毛会不会让雌鱼心里有压力——也许，对新欢是压力，对旧爱就是动力。

爱，也得爱对地方。很多人搞不清鲢鱼和鳙鱼。李时珍在《本草纲目》中说过："鳙鱼，状似鲢而色黑，其头最大，味亚于鲢。鲢之美在腹，鳙之美在头，或以鲢、鳙为一物，误矣。首之大小，色之黑白，不大相伴。"就是说，鳙鱼吃头，鲢鱼吃肚子。

被日本棋界誉为"超一流棋手"的聂卫平，嗜食鱼头，一顿可吃五六个。味道好以外，他认为鱼头可以补脑。总之，吸吮鳙鱼头妙不可言。按照现代说法是：鳙和鲢的含脂量不同，主要是它们吃荤素的习惯不同导致的——鲢爱吃浮游植物；鳙无肉不欢，以浮游动物为主。鲢含脂量比鳙高，而鳙的蛋白质含量比鲢高（看来吃素并不减肥）。

因为是淡水鱼的关系，鳙鱼在《海错图》里并没有出现。但我决定写，一是因为小时吃得多，二是因为吴国平（外婆家掌门人，我们都叫他Uncle吴）说："中国人讲剔骨的肉好吃，所以猪肉最好吃的一定是头，因为骨头最多，鱼头上则是嘴巴锻炼最多。鱼没有刺不好吃，而包头鱼（鳙鱼）刺很细，得小心吃。最好吃的是鱼头两边的巴掌肉。"

Uncle吴在杭州自带聚光灯，喜欢把眼镜反勾挂在耳朵上，即使穿运动潮牌也不允许自己是松垮的，说起笑话来一副纨绔子弟的腔调。他说自己是杭州老鸭儿，经常笑倒一片。但谈起正事来，目光不怒自威。

"家常鱼里面，包头鱼的肉最嫩，黑鱼就老一些。现在大众餐饮的趋向是入味，一定要加辣，重口味。昨天我去吃鱼头，菜油、泡椒，稍微有点辣，就在水库旁边，船头鱼，太好吃了！"

Uncle吴既是国内杭帮菜连锁餐饮大佬，又是饮食电视明星，说出"我最爱吃包头鱼"的时候，我一下噎住，不知道怎么接：这要求也太低！

"我带你去吧？"
"在哪？"
"有一点远。"
"哇，没关系！"

结果坐上Uncle吴那辆加个铁丝网就能押解犯人的黑色吉普，我眼看着从大马路开到青山边高速、再到村道……天也渐渐暗了。

"这是去哪？"
"安吉。"
"……"

吃顿饭要跑八十公里，来回三小时，这不是一般人做得出来的。山高水长，眼看着开了一个小时还没到，我们就攀谈起来。聊着聊着，我就在Uncle吴口述中发现了一部精悍的杭州美食史。

Uncle吴经常为了吃一顿饭追出城。餐饮里的算盘与计量，对很多人来说，是风中的沙砾，一碰迷眼睛。创立"外婆家"已经疾风骤雨二十多年，对Uncle吴来说，不看也心知肚明，而一顿他心底认可的好饭，来之不易。

"时间"这个概念，并不只是感情用事，理性来说，那更关于风味物质的积累。毕竟，以前的好食材不求快，可以踏踏实实地长大。Uncle吴说安吉这家包头鱼最打动他的就是老板说的一句"没本事，就只能做餐饮"。

Uncle吴对坚守的美食有执着。"一定是时间加上品种。比如说单季稻肯定比双季稻好。甲鱼也肯定是两年的好，所有的美食一定跟时间有关。比如催化一定不好，也就是我们土话说的'捂熟'的。美味需要等。前两天一个老板送给我西藏来的辣椒，西藏昼夜温差大，辣椒热的时候拼命吸收养分，冷的时候慢慢长，肯定好吃。海鲜也是这样，海水冷就生长慢。酒也一样，配方（做法）其实都很简单。麦子是麦子，米是米，水就是水，中间关系就是酵母。食材太重要了！"

眼看到了绿径深处，安吉到了。

老板已经把鱼在自己厨房的水池里养了一天，让鱼身体里的污泥都代谢干净。我们到后，老板兜了一条七斤左右的鱼上来。拿手去摸雄鱼胸鳍前面的鳍条上缘，果然有摸在钝刀锋上的感觉。捞起来的时候鱼不停在张嘴巴，跳起来有半米高，直扑腾到地上，一个壮汉都很难稳稳抓住。

Uncle吴对包头鱼的做法如数家珍："在杭州，在我小时候大家都是用家常红烧豆腐的做法把包头鱼做成鱼头豆腐。老杭州做法里不像现在用大蒜，都是加韭黄进去，做醋溜鱼。包头鱼嘉兴那边做得好，他们习惯做红烧醋溜的。"

"这里的产量有限，一天一般三十个鱼头，会有北京来的老板定期装车直接运到首都去。除了年底大捕捞会捞几万斤几十万斤，平时捕捞不多。水库里有五个网箱，就放在原地不动，鱼进多少，拉出来多少，有老板承包的，愿者上钩。"老板说。

一转眼，老板已经在一分钟内把鱼头处理干净，只留了鱼头下一指宽的肉身。

"食欲很重要，吃不厌很难。"Uncle吴说这话的时候，没停过筷子，边拆着辣鱼头，边喝着冰啤酒，脸上泛起红晕。

万事难买"刚刚好"，老板就有本事把鱼头煮到形好骨散。一筷子捞到嘴里化开，果然层层骨头缝隙里都透着鲜味，农家菜籽油的底和鱼本身的青草味道对冲，入味咸鲜之余，原汁甘甜，再无杂味。

我这种不吃辣的，当晚也包揽了大半个鱼头。水库边上的小狗因为常年被香气吸引，能吃辣也能吃鱼，已经向着猫科动物进化。我为了这条鱼改变的只是习惯，而小狗几乎已经变了物种，这就是美食的魅力！

2019年深冬时分，蒋友柏一行从台湾到杭州。我带了他们去西溪游船吃包头鱼锅。西溪湿地本来就产包头鱼，野生的活鱼打捞上来做鱼丸，鱼头与鱼身滚出奶白汤后，鱼丸翻滚着轻盈浮起，那是杭州城里剔滑的鲜物，知道的人也不多。不巧，那天下着雨，沼泽里泛出高级的萧瑟黄。宋画里的意境是有了，但只有我们一艘木船。旁边巡查用的电舫随激水奔过，我们的艄公还在力拨清波。对面驾驶舱里露出一脸星际迷航般的表情，以为遇到了几个没吹过冷风的疯子。桌上吃饭的人虽然客气地连连赞誉，但我看是冻得不轻。这样的一顿饭，以后也许不会再来吃，但一定也不会轻易忘怀。如Uncle吴说，人们对美食有好奇，所以才尝到更多生活滋味。

独乐乐不如众乐乐

[*Coryphaena hippurus*]

鬼头鱼

他经过了堆积成小岛般的马尾藻，
覆盖在海面上随着轻波翻浮摇晃，
好像海洋正盖着条黄色毯子与谁缠绵做爱。
就在此刻他的小鱼钩被一条鲯鳅咬住了。

——海明威《老人与海》

这明骚难躲，

像极了深海阿凡达，

勉勉波光中美成海明威的偏爱。

它真正的名字叫鲯鳅，

本色是晃眼的金色，

隔着湛蓝色海水看，

像是孔雀的翎毛。

《海错图》里的鬼头鱼其实是种有点像章鱼的怪物。康熙十五年李闻思在上海松江一姓周的朋友渔网里看到一条人头大章鱼，有嘴巴眼睛，有肩膀身躯，叫了七声才死。现代的鬼头鱼，学名鲯鳅，也叫鬼头刀，是一种广泛分布于各大洋温暖水域的鲈形目鲯鳅科鱼类，西班牙语中称其为"dorado"，代表金色，夏威夷语中管它叫"Mahi Mahi"，强健有力的意思。

鬼头鱼是种热爱群交的动物，李闻思见了怕也是要叫的。乍一看以为快乐来得简单粗暴，其实这是大自然的温柔，"俄罗斯轮盘式"的集体受精对提高繁殖率是极其奏效的，给了鬼头鱼一个强悍的大家族。

毕竟，高智商的海豚也喜欢吃它，这也是为什么鬼头鱼另一个名字叫"海豚鱼（dolphinfish）"。海豚的聪明是人所共知的，一般来说，海豚捕到食物后要先玩耍一番，再活吞下去；要是猎物已死，海豚会以为捡到的是"残渣剩饭"而不屑一顾地抛掉。海豚乍看一副无邪的样子，其实也是非常乱性的鱼，每次成群游过，拿淫乱当"丢手帕"。鬼头鱼因为知己知彼，早已领悟了海豚"爱玩"这招，每当不慎落入海豚口中时，就立刻装死，这样总能死里逃生。

澳门，像一条巨大的鬼头鱼，梦境一般纸醉金迷。我第一次吃鬼头鱼，就是在澳门和许久未见的女友安妮一起。她在美国留学两年读贸易，为人真诚，做事机敏，因为与葡萄牙主厨的爱情到了澳门，离婚后做了赌场的"叠马仔"。

不管安妮怎么在夜场诱惑我，我真的是为了吃去的。到澳门的金沙度假区，眼睛一闭去铁塔打卡一顿，就恍惚在巴黎了。吃，是梦本身。

我带安妮去吃巴黎轩辉哥（"巴黎人"的行政总厨曾祺

辉）的菜。辉哥生在马来西亚，在美国生活十几年，后来还是选择定居在澳门。辉哥的巴黎轩已经成为澳门的美味名胜：鹅肝乳猪手指饼是朱砂痣般的女人，浓郁丰富，最好就着顶上的青苹果丝、腌西红柿和分子黑醋一口嚼；尼泊尔高山米和菠菜苗是明月光，一口嫩如肤，有清甜南瓜泥柔和拥抱住苦味。只要嘴够大，还可以接住满满芝麻流沙的肥美。

安妮提醒我打住，我们的胃还在等"鬼头鱼小灶"（Chef's Table），"前菜"不能吃太多。

"鬼头鱼很难抓的！在太平洋一带比较多，这里是冷冻的多。这种鱼很牛，被叫作水下狐狸，有很多故事。"辉哥倒是不着急，开始吊我们的胃口。

"水下狐狸"这个绰号对于鬼头鱼是再贴切不过了。鬼头鱼玩性不弱，虽然最大体长可以达到210cm，但在20cm时已经开始生小鱼了。雌性鬼头鱼的头部是圆弧形，雄性是方圆形，比生殖器长头上还好认。加上它们生育能力强悍，产卵次数频繁，生长也快，不享受反倒有点不惜物了。

不过，身披荧光质感的细小圆鳞，背着孔雀翎毛色，腹部金光，还有繁星一样的高贵紫穿插点缀，这样"流光溢彩"的明骚样子，我感觉不是有毒就是难吃。谁知道原来鬼头鱼肉色洁白，味道清淡，适合做成各种美味：生鱼片、腌渍、鱼丸或鱼松。在佛罗里达，没有几个人能拒绝Mahi Taco（鬼头鱼肉馅的墨西哥卷饼）。

辉哥对鬼头鱼颇有研究，鱼"滋滋"上桌的时候，鱼肉幼嫩，却还是微脆的，一口下去，丰厚到让人失神。

"鬼头鱼我们也叫它马头鱼，做不好容易柴，但是很多国家喜欢做，尤其是西餐。这种鱼很好吃。因为我在美国工作很久，知道南美洲与佛罗里达一带特别喜欢它。深海鱼不会很滑，煮和煎都很受欢迎。英国人也喜欢这种鱼，做海鲜泡饭也可以。"辉哥边上菜边说。

辉哥和我聊起鬼头鱼的家——佛罗里达的故事。全世界第一对同性恋就来自佛罗里达；全球第一个所有人"坦诚"相见的天体浴场也在那；海明威在那；它也是美国人说的老人家的最后一个乐园。那是一个适合韬光养晦的地方。

地球另一边的澳门海钓爱好者，以抓到鬼头鱼为荣。辉哥总是忍不住做顾问："鬼头鱼不怕黑，但怕脏，喜欢待在没有污染的海底。它也喜欢阴凉，很怕见阳光。"

抓过鬼头鱼的，才会对它一清二楚。鬼头鱼确实生活在阴影下，成群聚集于流木或浮藻下。它是属于热带和亚热带的鱼种，洄游到中国时，大多已到盛夏，越是烈日炎炎的天气越大群聚集；而乌云欲坠或大雨倾盆的时候，它们就全部从漂浮物下撤走，深潜海底。鬼头鱼特别贪吃，嘴巴也大，白天出没，常追捕飞鱼及沙丁鱼类等。以每小时50公里的速度劈波斩浪，成群协同围捕猎物，甚至可以跃出水面猎杀飞鱼。漂亮得像陆地上的野鸡一样，可惜死后会花容尽失……

"澳门人天生对好海味敏感，这里之前是个小渔村，在珠江三角洲里面，海鲜多。澳门人讲吃濠江嘛，濠江，顾名思义，吃生蚝是很有名的。粤菜传统手艺很多还保留在澳门。比如云吞面、竹升面，在澳门都可以吃到很传统的。鬼头鱼会做的倒没几个，抓来拍照的多。"辉哥聊起美食文化，盘子里好像开了一扇窗子。

"食物只要在美食之都就有机会被烹饪得很出色,即使不是原产地。香港还不可以说是美食之都,但澳门可以,这里是中葡美食文化交流的地方。香港作为英殖民地被统治过很久,但它的饮食文化不集中,太散了。很多好厨师来到澳门,发现这里很宜居,很有人情味,就不舍得离开。所以美食越来越发达。"

吃鬼头鱼,配雪茄喝橙汁的不在少数。佛罗里达对面是古巴,以前古巴和美国冷战时,古巴人游泳到迈阿密就能成为美国人了。冲破那个防线进来的,还有古巴的雪茄。我们热天喝的橙汁,最早就是佛罗里达来的(那里是柑橘发源地)。鬼头鱼在美国受欢迎,是因为当地人喜欢吃大鱼大肉,这种鱼能满足这个欲望。"在佛罗里达还有一种鱼叫猫鱼(catfish),我们也叫鲶鱼,没有骨头的,生活在佛罗里达最大的淡水湖——奥基乔比湖,但完全被鬼头鱼打败。"

他一路指着长长的海岸线往下:"我可以开很远的路。从这里开下去,再一直到马拉松到基维斯特,那是海明威写的《老人与海》的地方,我一路吃海螺,但难得碰上鬼头鱼,可能因为我爱吃,它们跑得远远的。"

辉哥看我一张"女司机脸",赶紧拿出手机地图:"自驾游的话,再北就是景色无敌的迈阿密,华人最多的是劳德代尔堡。奥兰多就是迪士尼所在的地方,哈雷就是从这里来的。"

"我在南美洲一带时发现墨西哥人比较喜欢吃这种鱼,煎炸都爱,蘸点辣椒酱,蘸点柠檬汁,这样有嚼劲,佐龙舌兰酒。炸脆也好吃,特别是鱼皮很好吃的。这种鱼在太平洋一带比较多,游泳很快,很凶,会咬人也会吃小鱼,所以肉质很结实,鱼味很好。可以煮、可以煎、可以炸,如果蒸的话,肉质比较粗糙,但是打片可以解决这个问题。而且,稍微加点盐腌制下,后面洗个麻利的滚水澡(俗称过桥),它的肉质也可以非常润滑。很多厨师不用这种鱼,是因为不知道如何处理。"

我恍然大悟,鬼头鱼过桥,是非要这次在澳门才有荣幸吃得到的。

辉哥放弃了很多才来到澳门,其实安妮也是。她透露给我几个必赢诀窍,叫作"忍""等""稳""狠""滚"。"最后一个字最要紧,知道退,知道放过,知道见好就

收。我看到的赢家都是这样。"如今，这已经成了她的
做人要诀。

鬼头鱼就是这样觅食的，先默默躲起来，好机会就是等
来的。

我羡慕《老人与海》里那个叫玛诺林的小孩，耳朵里有
穿越大半个地球的故事，嘴里有鬼头鱼的鲜美，以及遇
见了那个奇妙海洋。

放声唱情歌

[*Larimichthys crocea*]

黄 鱼

海鱼石首，流传不朽。

驰名中原，到处皆有。

————《海错图》石首鱼赞

一岁时家人给我"开荤"，
用的就是大黄鱼。
我长大后一听荤段子，
就会说"哎呀好黄"，
可能和这个有关。

小时候的初夏，临近晚饭的三四点钟，穿堂风带着饥肠辘辘的蝉声，我趴在石水槽边上看外婆处理从温岭来的冰鲜大黄鱼。《海错图》中记载黄鱼"闽之官井洋，浙之楚门、松门等处多聚"产子，松门就在温岭这里。

金黄色的鱼身因为夕阳西下的暖暖"舞台灯光"而变得生机勃勃，细小的脊背鳞片甚至能把水龙头背面的白墙映出光斑，明暗涌动着，飘渺又活泼，像鱼的灵魂在飞升，朝着我嘴巴的方向。那张酷似"金角大王"的黄鱼脸，棱角俊朗。"黄鱼脑袋里有白色的石头，那是耳石，假黄鱼就没有。"（难怪《海错图》里叫它"石首鱼"。）外婆是管理水产供应链的财务，也是严肃的"试吃官"，总是对我说这样"煞风景"却一点都没能影响好吃程度的话。如果她试图告诉多年后的我，"只喜欢帅哥，说明你脑子里长石头了”，那我还能听进去一点点。

我甚至觉得长耳石是很好的特质，因为也许会一直过得很宁静，生命不易被打扰，直至下油锅的那刻。

也许是水域、温度与食物的关系，黄鱼以舟山群岛为贵，到了潮汕就变成“喂猫”的了。一般新鲜黄鱼的运输时间较长，为了压腥味烧制时就要浓口。翻开微微炸破的鱼皮，不管是用赤裸鲜美的豆豉红烧，还是加了雪里蕻的浓白烧，“蒜瓣肉”都能轻易入味！小软片片在嘴里铺展，一抿化开，引发千万馋鬼愁绪。这样的鱼，不怕用最大众的做法。

黄鱼生来有静谧的大佬气质，随时预备冷不丁语出惊人。著名美食家沈爷（沈宏非）曾说它“别有一种特殊的排他的霸道鲜味。它强大到从来不需要想起，永远也不会忘记”。

黄鱼可能因为听力不好，绵绵情话也需要大点声说。每年四月，为了近距离接触洄游产卵的“女聋子们”，求偶的黄鱼来时的声音有如雷鸣（靠鳔肌的收缩压迫鳔壁，使鳔壁发生共振），灵魂鼓手们的音乐让整个海岸线都为之缠绵。

这种声音水面上的灵长类是没法察觉的，但科学家早已发现，水面下用麦克风就可以监听黄鱼的求偶。那种声音何止撩拨心弦，连最老实巴交的渔民都听得春心荡漾，他们把竹筒探到水下，听声后就下网捕捞（这绝技叫作"音响集鱼"）。

几十年前有经验的渔民就懂得集结"寻黄船队"，将那些还没享受春宵的金色荷尔蒙成群捕获。向骚动的鱼身上泼些淡水，它们就酥软了，在船中满载的坚冰里，把黄亮色躯体凝在最美的一刻。那种美很残酷。

我的怜悯其实是怀念，只希望当下，这种小时候司空见惯的美味，还有几条能好好活在人类无法企及的某处。"欲食海上鲜，莫惜腰间钱"，现在的大黄鱼已经是"一口千金"，稀罕野生黄鱼的温州人，甚至在婚宴上用花轿来运鱼。

在捕鱼业相对原始的古代，黄鱼也金贵到要当了冬衣去吃。宋代诗人范成大的《吴郡志》就有记载："'楝子花开石首来，笱中被絮舞三台'，言典卖冬具以买鱼也。"现在黄鱼大多是围海养殖的，鲜美程度比不上野生（但并不是野生的就好，水库鲤鱼就比野生的好吃，因为水草异味少）。

名厨等于知音，遇上了，才能死得其所。我几年前吃过淮扬菜名厨侯新庆师傅的黄鱼狮子头，最近听说又有酱椒野生小黄鱼，还有小黄鱼灌了燕窝的，古法创新层出不穷。

侯师傅说，淮扬菜里红烧鱼是最经典的吃法，浓油赤酱。而黄鱼在南方的纯正吃法是配雪里蕻烧——雪菜黄鱼汤，原汁原味。但在侯师傅的餐厅，醋溜黄鱼才是招牌菜，结合的是淮扬菜醋溜鳜鱼和鲁菜糖醋大黄鱼的做法。他说要考虑食材本身特性，不用鳜鱼，是因为鳜鱼骨头太硬了，黄鱼骨头软一点。一般一斤三两到一斤半的黄鱼都可以烧这道菜。

"老一辈的扬州师傅做醋溜是挂面糊去炸，这是淮扬菜的做法，炸得外酥里嫩，但是我2005年改成腌好了拍粉、拍面去炸，这样筷子一夹直接吃到肉。外面是脆的，里面是嫩的，用的是糖醋汁。"

"现在的养殖黄鱼都是冷冻过的，有时候腌制了也会腥。"刚开始做这道菜的时候，侯师傅连续试了五六次，但怎么腌制都是腥的。

"腌制后有个很关键的地方，就是用水去冲洗一下。这样就一点腥味都没有了。"侯师傅把每个细节都看得很大。

杭州城中香格里拉大酒店的中餐行政总厨李浩师傅，是侯师傅的得意门生，拿手菜是师传蟹灌黄鱼，一勺下去，肚内乾坤恣意流淌。"起初我不太敢说要学这道菜，因为太难了！鱼没有被破坏，肚子里还要流淌出这么多蟹粉，我不敢自己做。到今天，师傅来还要检查我的鱼，看看鱼处理得怎么样。比如今天他看到鱼太大了，还有那么多道菜，客人吃不下，考虑到客人每口的感受，他会要求立马重新买。于是我准备的五六两的鱼就全部不过关，要马上买三两五到四两的鱼，现拆现腌，急也要去做。"

这道菜的一绝是拆鱼——"拆鱼是技术活，要求这条鱼不被破坏。因为三两五到四两的小黄鱼嘴巴很小，拆鱼时得用自己制作的小竹片——薄到2毫米，宽到一指——贴着嘴巴、贴着龙骨下去，尾巴则要轻轻掰断，两边同样操作。然后用巧劲把龙骨抽出来，再连龙骨和内脏一起拔出来。继续用竹片贴着肉进去，刮一点肉出来。因为肉刮出来的越多，蟹粉灌进去越饱满。"我眼见着侯师傅在后厨鬼斧神工，李师傅则声情并茂做"手术室"解说员。

侯师傅亲自在杭州做的蟹粉灌黄鱼，灵感来自南宋古菜蟹酿橙，沁人心脾啊，让我仿佛听到黄鱼家族的歌声。

菜肴名称 Dish name	学名 Fish's scientific name	昵称 Nickname	活动海域 Sea area
冬笋雪菜黄鱼汤	Larimichthys crocea	石首鱼 大黄鱼	太平洋北部浅海 中国东海、黄海、 渤海等海。

时令风味 Seasonal flavor	好吃部位 Tasty part
端午节前后是大黄鱼的主要汛期。 清明至谷雨则是小黄鱼的主要汛期,此时 的黄鱼身体肥美,鳞也金黄,发育达到顶 点,最具食用价值。	全身

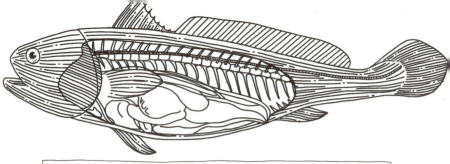

I want you!

黄鱼会发也"嘎嘎"或"呜呜"的叫声,
刺激鱼群达到兴奋状态,然后
交配产卵。

由于光学原因,在白天打捞的黄鱼一般呈
白色,在夜晚则呈黄色,尤其在没有月光
的时候。

辨别野生与养殖最简单的一招就是看
鱼的尾巴,养殖黄鱼尾巴圆,野生黄鱼尾
巴比较长;其次看眼睛,将鱼蒸熟后,
养殖黄鱼的眼睛会凹陷,而野生黄鱼的
眼睛则会凸出来,然后品尝,野生黄鱼
的肉质细腻,口感更好。

肉质特征（生/熟）
Meat quality characteristics (raw / cooked)

黄鱼肉质细嫩，味道鲜美

月末开雷前黄鱼大量上市，有时价格极贱，或熏或炸，到处可见。一闻雷声，鱼沉海底，捕网不易，鱼价也随之提高了。

黄鱼有"大黄鱼"和"小黄鱼"两种，大黄鱼肉肥厚但略显粗老，小黄鱼肉嫩味鲜但刺稍多。餐馆所用的以大黄鱼为多。

做法（生/熟）
Cooking method (raw / cooked)

大小黄鱼做法多样：💡
清蒸、香煎、油炸、葱油皆可

酥炸小黄鱼	黄鱼炖豆腐
糟溜黄鱼	荠菜黄鱼羹
椒香小黄鱼	番茄黄鱼
糖醋小黄鱼	冬笋雪菜黄鱼汤

黄鱼刺身（必须超级新鲜）

典型做法评价 Typical cooking practice evaluation	🐟 🐟 🐟 🐟 🐟
重量 Weight	🐟 🐟 🐟
鲜美程度 Degree of delicacy	🐟 🐟 🐟 🐟
鱼刺疏密度 Fishbone density	🐟 🐟 🐟
纤维硬度 Meat fiber hardness	🐟 🐟
湿软程度 Degree of wetness and softness	🐟 🐟 🐟 🐟
软颗粒感 Soft granular sensation	🐟 🐟 🐟

我很丑可是我很多情

[*Balanus*]

藤壶

余茸见梦，烹龟食肉。

其壳用占，惟弃龟足。

——《海错图》龟脚赞

虽然人家长得巨丑，
但过得比自由恋爱还要自由。

初次见藤壶，我潜意识里的密集恐惧症就爬出来了，那场景媲美遇见一个吃女人如吃回转寿司的渣男。如果那渣男实在帅气，可以委婉原谅，我说的是面目可憎的那种。

即使是"梳洗打扮"过了的藤壶，眯着眼虔诚去欣赏，还是丑。半年前我在台北米其林二星RAW吃到过一份，藤壶被花艺师摆成精心打理的"盆栽"。朝天的重口味样子，让生殖崇拜的原始部落都会有点咋舌。我只能带着"圣母婊"般的宽容去欣赏：长那么丑也太可怜了吧。

一般的藤壶长得像石化的龟头，鹅颈藤壶倒是比普通版的修长了许多，但实在太像能奸淫掳掠的手。科学家们很善良，说那是由深色的圆柱形柄部和十几片壳板包裹的花序状头部组成，因为外形整体酷似鹅脖，因此得名鹅颈藤壶。鹅听到大概会哭。

很难想象，这家伙可以选择寄生在海的各种暗处里：岛屿礁石、船底、鲸鱼的身体……它们会分泌蛋白质"胶水"，一簇一簇强力粘在鲸的皮肤上，密集成一片"断肢"，带着苔藓的淫邪气息，张牙舞爪、密密麻麻。我不禁揣测起雌雄同体的藤壶可男可女、可弯可直、可攻可守……的自由画面。

我敢保证，任由潮起潮落，花谢花开，只要人类没有发现它"好吃"，凭着这副对不起天地的长相，这些家伙就足以撑到地球毁灭那一刻。

只可惜，太好吃了——世界名厨荷西·安德列斯（José Andrés)曾说自己的死前食物名单里就有鹅颈藤壶。

吃的时候需要轻轻捏住"手指"，用牙一嗑，掐断柄的粗糙根部。用吃瓜子的巧劲，吮一口里头溢出来的鲜甜汁水，将裸露出来的一点点粉肉快速抽离，叼进嘴里——咀嚼起来像虾肉又像螺肉。

聂璜还说"现取现食用甚美"。虽然生吃要美百倍，但因为藤壶多生长在浅海的关系，还是要小心。

温岭人吃藤壶就是清水汆烫吃：放点姜芽，放点盐，将水烧开，再放入藤壶洗个热水澡就可以了。相比日本的藤壶天妇罗，我更喜欢跟蒸煮虾蟹一样，乖乖用滚水烫鹅颈藤壶。但为好吃，我也不愿放弃"烫30秒赶紧捞起"的原则，出锅时，再撒些许月桂叶或是柠檬增加香气。

厦门人吃法花俏些，夏天白灼、烫、煮或者配丝瓜煮汤都好，原汁原味的藤壶不需要其他调料来提升鲜度。还有一种吃法是汆水后用花椒、豆瓣酱、辣酱、蒜末、姜末、生抽等煸炒，让香辣味充分渗透。这些活色做法，让我想起相较已经低到尘埃里的小龙虾。

这家伙的小名实在太多。《海错图》载："曰龟脚，象其形也。曰仙人掌，特美其名。"又曰龟足"非蛎非蚌，独具奇形"。台湾这里叫它"佛手贝"。我在江振诚与黄以伦的台北RAW餐厅吃过藤壶，吃的时候已经被厨师妙手处理好，粉肉浸润在百香果醋汁里。呈现更是一整个微缩花园，藤壶成了中间的软体尤物。

聂璜这次并没有言过其实，西班牙北部缠绵的海岸线上，人们为了这小东西一掷千金，其"鲜"的美妙介于蟹与海贝之间，被西班牙人称之为大海里的火腿。好朋友美食家小宽说："西班牙当地人很热衷于吃这个。我吃过那里的藤壶，生吃很鲜甜，去马德里莱市场可以买一堆，边走边吃。"

聊天的时候是冬天，刚想和小宽说这时候的藤壶最肥美，他就不掩饰激动道："我昨天在上海的甬府吃了硕大的藤壶，是煮熟的，没有西班牙生吃的鲜甜。"我说别生吃啊，安全第一。

我能十五分钟为民除害一大盘藤壶，还想要一盘时，不禁对它怜惜起来。

东方有圣人，西方有圣人，最先爱上吃鹅颈藤壶的都是吃货界的圣人。但我真的希望好食者跟圣人一样少。在欧洲，藤壶已经是世界上最昂贵的海鲜之一，每一磅（约合0.45公斤)的售价大约在130美元。

海外藤壶采收也是一种高危职业，由于它们生活在潮汐凶猛的岛屿礁石缝隙里，每一年都有采贝人在巨浪中失去音讯，因此不少渔民叫它"鬼爪螺"，或者"来自地狱的海鲜"——不仅仅是象形那么简单，采到它还要"铤而走险"。中国的情况也相似，台州沿海地区的年轻渔民已经不愿去采收鹅颈藤壶了。

广州的美食家闫涛老师有次赴"鬼爪蛇局"，在朋友圈说："七寸飞蛇局里的蛇并不令人期待，重要的是鹅颈藤壶。有一年我去珠海的外海拍视频时饱尝了鬼爪螺，那时候许多小伙伴看到这骇人的外形居然不敢吃！蔡澜说，有机会就赶紧多吃吧，这玩意在欧洲可是卖到天价啊！我记得当时在珠海的海岛也就是三五十块钱一斤，而今天在广州的马场路居然卖到每斤六百八，这一小盘就要一千多元，也确实是价格不菲。"

因为近水楼台的关系，国内渔村里的吃法还是奢侈，生醉、熟醉、盐腌……怎么"浪费"怎么来，其实这也是智慧的海边居民四季把藤壶当药，以备不时之需，就像家里常浸杨梅酒治拉肚子一样。

藤壶壳有抑酸止痛的功效，肉可解毒疗疮。要药性更足的话，不如学台州渔民弄一敲（一钉锤下去的量）回来，连汤带水装盆来清炖，当地人叫"炖触"。除撒一丁点盐外，无需任何调料。炖熟后揭锅之际，就能看到一层半凝固的白乳状的咸鲜"蛋白"被蒸了出来，厚厚地聚积在乳白色藤壶肉的周边。之后加鸡蛋打散，再加少量黄酒，装入洗净的藤壶中隔水清蒸，那就是传说中有健胃止酸功效的藤壶蒸蛋。

小宽感叹藤壶："看上去狰狞的外表下，却有一颗很小清新的心。"我失口说："是吗？！"藤壶其实是海底世界里不容小觑的存在，它缩在身体里的鸡鸡伸展开来，可以达到体长的8倍！试想一个身高1.5米的男性，有12米的……对日思夜想的那个伊，论师"长"技以制伊的功夫，蓝鲸虽重900斤，鸡鸡长达5米，也会备感自卑。

生物的使命是散布基因。让食物链顶端的人类嫉妒的是，虽然藤壶雌雄同体，但从不"独乐乐"，反而把"众乐乐"做到了极致。它们寻找配偶的方式很直白，靠鸡鸡来直接试探——藤壶男长出一支吸管温柔戳到隔壁藤壶妹纸的套膜腔里，完成精液的输送，感到快要漫出来的时候，再换下一个……这个过程下一秒亦可反过来，性别也反过来。

尽管藤壶的鸡鸡非常柔软灵活，但鞭长莫及的状况也时有发生。不过如果环境对咱老藤家繁衍造成困扰，凭不好惹的长相也不能坐以待毙。按照资深老司机的套路，不行就升级啊！最后，老藤家的生殖系统终于不负众望，在银河系的荡涤中进化成一个外挂的超级装备。

不过出乎意料的是，藤壶主演的爱情片里并没有惊现手术情节，人家高级到可以自己长长！

冷静的科学家研究发现，如果藤壶个体之间距离稍远，那扮演男猪脚的藤壶，会进化出更长的鸡鸡，比挤在一起的藤壶更勇猛。在对抗海浪干扰的环境中，藤壶的鸡鸡基部直径甚至能自动变大（更粗）。这件事情真让千年靠"补肾"增加自信的人类咋舌。

但，在藤壶的世界里，苦命鸳鸯难成双的情况依然严峻，万幸它们还有随后一招，就是：换个方式！

英国一个研究团队发现，雄性藤壶会向海水中释放精子，雌性藤壶则靠捕获这些精子让自己受精（大家可以想象下浇花的场面自行脑补）。不过这样的妖孽鸡鸡确实碍事，于是交配季节之后会自动退化，并在下一个交配季节重新生长出来，这让一年四季处在繁殖期的人类内心有了一丝平衡。

比香妃更诱惑

[*Plecoglossus altivelis*]

轻舟遮莫岸边维，衣染荷香坐片时；
叶屿花台云锦错，广寒乍拟是瑶池。

——清·乾隆

它以石上苔藓为生，

脊背上有一条满是香脂的腔道，

能散发出黄瓜般的气息。

溪流洄道如藤蔓蜿蜒入海，

一路欣赏它，

顾盼生姿。

说到香鱼，杭州古代馋猫聂璜并没有把它收录在《海错图》中。香鱼洄游中要入海，但我不忍心让她的胴体从水的指缝间滑走。对这样一条"奇芳异馥"的鱼，我揣测乾隆一定会想起香妃的裙裾。

最近一次吃到香鱼是在陈立老师的饭局上，他是两季《舌尖上的中国》的顾问。我喜欢静静听他讲话，除了博古通今说一嘴好菜外，他字正腔圆的玩笑话总是诙谐得让人猝不及防。某次陈立老师在杭州黄龙饭店宴请亲朋好友来试他新研发的菜单时，我回忆起几年前初次见面的情景，陈立老师用"专攻情感性精神疾病的教授"口吻说："第一次见你，以为你卖神油的。"我很荣幸，比以为我是算命的要像样得多。

一盘黄亮细长的鱼上来的时候，我心想，这削脸燕尾的俊俏样子不太像平时吃的苏眉。苏眉是圆钝脑袋。陈老师介绍说，这是香鱼，生活在淡水里，香腺长在两边，鲜味比较特殊，来自台州。这鱼不会再长大了。

"香鱼夏季才会成熟，它要到上游去生产。这种江鱼以前出口日本，现在我们把它截获了。"陈老师一席话成功引起我的研究欲，一尝果然，嫩而不糜，鱼肉幽香中微弹。这种活得有些腔调的小鱼，原来被称为"淡水鱼之王"，被美国鱼类专家丹尔誉为"世界上最美味的鱼类"。

我说这种鱼好像我之前在云南抚仙湖吃的抗浪鱼，长辣椒似的。陈老师说："种群认同的重要标志，是性腺。淡水鱼之王是夸大其词。香鱼是抗浪鱼的一种，比较典型的抗浪鱼其实是溪鲤，但溪鲤没有香腺。而且香鱼吃起来可没有溪鲤麻烦。"

陈老师补充说，香鱼是一种意志坚强却体格羸弱的鱼，也叫"年鱼"。秋天，健壮的香鱼洄游至江河下游的砾石滩繁衍，鱼苗顺流入海；中间"追啊追啊，我的骄傲

46

放纵"，繁衍后，通常就"牡丹花下死"。次年春天，小鱼苗溯河而上，在湍急清澈的河水中成长；夏季再迁徙至河流中上游定居，如此完成生命的循环。

我们通常说某鱼是一种洄游性鱼类，说明人家为了谈恋爱和生产要威猛地游很长的路。爱是有代价的。

日本美食家北大路鲁山人说："野生香鱼细长，多带金黄色；养殖香鱼粗短，整体呈青色，一眼就能看出。而且养殖香鱼没有黄瓜香气，反而有股沙丁鱼味，烤熟也救不回。"陈老师说的黄瓜香是蒸煮后的味道，野生香鱼加了酱香佐料或者烘烤后，会有檀香味。

中国人吃饭，喜欢香甜与喜欢苦臭的人基本要在桌上划出楚河汉界。那天席上就有位大哥与常烧"绍兴双臭"的贤惠女友决裂。陈老师说：所有的味道里，苦味是真味，茶的苦、苦瓜的苦、咖啡的苦，那种味道最珍贵；第二是臭味，它是我们祖先的味道，因为那时候没有火，腐烂的食物容易吸收。邻座有人就撒娇着抱怨在陈老师家里吃的"臭之最"是臭鲨鱼，碎鲨，"陈老师经常拿这个害人！"

陈老师说："其实我对所有的臭都挺感兴趣的，但是我觉得臭豆腐们不够臭，我喜欢吃臭咸鸭蛋，坏透的坏蛋。咸鸭蛋不能用泥，泡在盐水里，泡到一半的时候，把它敲破一点，然后蘸一点白酒，很快就腌制好。"

日本人把香鱼叫成"鲇鱼"，不知道是不是从"年鱼"衍生而来。但日文中"鲇"读作ayu，更可能是形容香鱼像鲇鱼那样，有占地盘的天生繁衍力吧。

得益于香鱼的繁衍能力，香鱼料理非常流行。以前在日本，从北海道至九州都有香鱼分布。层峦叠翠的长良川，发源于日本岐阜县，像一条静静流淌的白龙，被认为是香鱼的最佳产地。"清流长良川之鲇"也被认定为世界农业文化遗产。

为了保护野生香鱼资源，每年11月至次年5月是香鱼的禁渔期。随着6月的到来，香鱼也达到一年中最肥美的状态。但因野生香鱼愈来愈少，所以日本人首先找到了养殖的办法。如今大多数香鱼养在台湾和浙江。

在日本，小的香鱼是不拿掉内脏就吃的，所以发苦。小香鱼用来做鱼天妇罗、甘露煮，大的就盐烤——毕竟是淡水鱼，不适合拿来做刺身。我认为顶级天妇罗吃法是最好的赏苦方式，酥炸后会带来焦香，两种苦味一结合，反而会有莫名其妙的回甘出来，特别撩人。

我曾吃过台湾最好的天妇罗店"牡丹"，很少有人知道它是久负盛名的日料店"牡丹园"和"八王子"的老板林桂鼎开的。他带着自己的料理长吃遍日本的天妇罗名店。"日本的天妇罗店通常只有一个师傅，而我们是有后厨团队的。"为了"想要客人吃完一整套不那么燥，身体是舒服的"，林董特别邀请到服务过天妇罗名店"京星"的店主长谷川忠彦作指导。"牡丹"的料理长刘耀荣依照主厨的配方，以不打扰食物本味为原则，混合太白胡麻油与其他三种不同类型的油为底油——这折合台币就要九千多一桶，而一般店里只用几百的油。

我看到食盒里"小香鱼"生得最美。弧线修长又圆润，脸小眼大吻长，丰腴而秀美，绝不是那种看起来就发柴的多刺小鱼的样子。天妇罗通常是不去内脏的，照例一整条鱼的抑扬顿挫全在里面。间歇我瞄到店里别有洞天，自动水雾养出的青苔郁郁葱葱，像是香鱼的家。

天妇罗有个很奇怪的部分，看似简单的一炸其实又有烤又有蒸，它的中间部分其实是被外边包裹住的部分焖熟的，美味瞬间浓缩成外脆里嫩这两个天赐的层次。但每种食物的火候又不同，能做到这两个层次都恰到好处，实在是很难的。

林董一句"好像在给香鱼化妆、按摩"，一下子把我拉回到眼前食盒中正在悄然上演的戏剧。

料理长四指空心承托，先让整排香鱼齐上手，均匀如拂尘地刷粉，待每条香鱼都白光粉面，再一条条请出来单独细雕，每一个鱼鳍的小关节都轻轻撑开来小心打理一遍，以保证每寸香鱼上的粉，都如薄膜般均匀分布。京星派天妇罗的"外衣"面糊是不加蛋的，只有低筋面粉和水，所以薄透如蝉翼，口感上能瞬间和内部尤物融为一体。而我多年前在东京银座的"阿部天妇罗"吃的香鱼是挂糊加了蛋的。一看就知道谁花了妆。

我怀疑料理长之前有练过铁砂掌之类的功夫。"定型的时候是要用手抓着鱼鳍在油锅里刷的，一不小心就会被烫到，但不这样刷没办法定型。所以你待会儿吃它时就会看到它活络的姿态，就是要经过这些过程细节才有办法呈现出来。"林董话音未落，我就看到油岸上漂亮的鱼鳍已经悉数黄灿灿了。

"小香鱼是我们天妇罗的经典之一，只要季节是对的，我们一定有这道菜，因为它的独特性是其他鱼不具备的，会有很特别的回甘效果。记得从尾巴开始吃。"

林董一席话点到老餮的要害，这芭蕾舞女般亭亭玉立的香鱼，要从尾巴开始吃，先品脆度，一口后，热蒸汽袅袅从腰臀处飘出，再吃身段上的柔嫩多汁，最后才尝头里的苦，那是玄妙的回甘所在！

这次的配酒是在纽约生活了十几年的老板公子（他也是餐厅的设计师）特别准备的高知县的醉鲸香，是用了山田锦大米的纯米大吟酿，酒标像是沉醉在酒里的鲸鱼尾巴。这酒有种非常淡雅的果香味，入口后米的滋味又浮现，做天妇罗粉衣薄衬，收尾微甜。妙就妙在，绝不跟我盘子里的"香妃"抢戏。

人生若总是只如初见很难，但香鱼的独一无二，让它是个例外。我多次寻香，只为再见一面，恨还是难消，甚至变"永远无法满足"的仇怨。这话，乾隆懂。

坑里蹦怡怡

[*Lateolabrax japonicus*]

花鲈

松江之鲈，名著遐方。
但知腮四，谁信食霜。

——《海错图》四腮鲈赞

菜肴名称 Dish name	学名 Fish's scientific name	昵称 Nickname	活动海域 Sea area
葱油鲈鱼	Lateolabrax japonicus	七星鲈	黄海、东海、日本至南中国海的沿岸及河口处

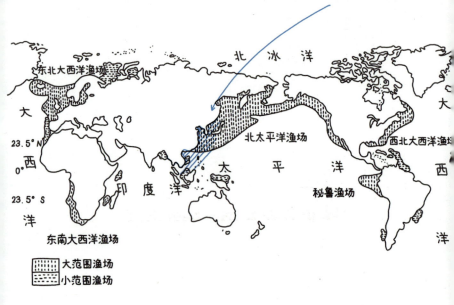

时令风味 Seasonal flavor	好吃部位 Tasty part
每年5月至10月是海的鲈鱼的最佳季节。	鱼肉

交配方式
Mating mode

立夏以后，

"挺好处"

鲈鱼喜欢到河口附近海域

产卵、觅食、育肥

中国花鲈身形细长，咽宽、尾柄细长，尾鳍后缘呈缺口深，与日本花鲈很相似，但其特征是，不论成鱼还是幼鱼，臣背部仍有典型的黑色星斑，星斑可长到侧线以下。中国花鲈在中国从南到北均有分布，朝鲜的西海岸也有分布。

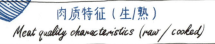

肉质特征（生/熟）
Meat quality characteristics (raw / cooked)

肥腴可人，肉白如雪，鱼肉细腻。

做法（生/熟）
Cooking method (raw / cooked)

清蒸、酱蒸、做汤、烧烤。

日本学者提出花鲈属存在三个品种，其中
两种是日本本土原生种：日本花鲈（日本称
为丸鲈）和鬼花鲈（日本称为平鲈）。第三
种河鲈被日本列入"外来入侵物种"，日
本称之为大陆鲈，这就是中国花鲈，非日本
的本土原生物种。

典型做法评价 *Typical cooking practice evaluation*	🐟🐟🐟🐟
重量 *Weight*	🐟🐟🐟🐟
鲜美程度 *Degree of delicacy*	🐟🐟🐟
鱼刺疏密度 *Fishbone density*	🐟🐟🐟
纤维硬度 *Meat fiber hardness*	🐟🐟🐟
湿软程度 *Degree of wetness and softness*	🐟🐟🐟
软颗粒感 *Soft granular sensation*	🐟🐟🐟

安能辨我是雌雄

[*Epinephelus*]

石斑鱼

海鱼类鲟，身斑背刺。

说文篇海，未详其字。

——《海错图》海鲟鱼赞

人类其实是变性动物，
第一次是成年，
第二次是更年。
女人更多一些，
怀孕的时候会变中性。
至于胖子，
那约等于无性别相伴一生了。
别误会那些爱的目光，
那跟耶稣与佛陀几乎没差。

日本相扑选手身边基本是一线美女，我有时候好奇在他们身下，是不是有小时候充气城堡塌掉，被反压在里面的恐慌。好相扑选手不但喜欢在赛场上轮番扑倒对手，女朋友也春花秋月地更替着。

我对相扑的最初兴趣，是在腰间那块毛巾的扭曲角度上，但这种热情在一块五花肉上并不能持续，于是就转移到相扑锅上了。日本相扑协会每年会举办六次"本场"大相扑比赛，其中三次在东京，一次在大阪，一次在名古屋，11月的比赛（九州场）则在福冈县举行。我怀疑这是力士们为了石斑鱼相扑锅特别安排的度假场。

说是为选手补能量，那也不假。有一年我在澳门参加黑珍珠的颁奖典礼，过后在地调味大神叶宝荣师傅（澳门朝餐厅的总厨）带我去吃他们自己夜里会去的火锅店，涮的就是石斑。清蒸或滑炒石斑鱼在粤菜里最常见，还有一道堂灼，其实就是打边炉，只是汤底里有火腿、老鸡、鲨鱼骨等。我看隔壁桌来了一群很眼熟的人。原来是台湾明星黑人和他的球友，他们刚训练完来吃夜宵。我吃的石斑火锅一般鱼肉蘸汤不超过20秒，微微卷就可以蘸汁入口。东南亚高级餐厅还有用龙虾汤过桥的，也就是说，直接热汤淋一下就行。

福冈县那种石斑鱼动不动就能长到黄花大闺女的年纪，体重几十公斤，丰厚的脂肪城墙似的。我能想象雌雄石斑鱼恋爱时的宏伟场面，极易误会成水中相扑，其实人家是激情电臀舞，直接把小虾小鱼甩飞的那种。但一入相扑选手的胃，恰如定海神针入海底。我喜欢淡雅清香的鱼肉蘸日本柚盐。大快朵颐之后，带肉鱼骨与内脏都可以扔进清冽的昆布鲜汤，放米饭、葱段与一碗打散的鸡蛋，锅物来说，河豚都不足以抗衡。如果要来一回合，一群河豚还差不多！

那种石斑鱼日本人叫九绘，因为身上纹理会变化九次。石斑鱼长得慢，而且淡水与海水的品种都有。但这鱼并不比河豚便宜，野生的雄鱼为贵，越大越好。我在武夷山上的泉水潭里，曾看到好多野生的小石斑鱼。那边的水域冷，我看才一个小拇指长短的鱼，茶农却说"已经长了2年了"，是当地人勉为其难捞来煮"杂海"（杂鱼锅）的。

九绘鱼每公斤价格在一万日元以上，折合人民币是300多一斤，每条鱼大概都是50斤的，超过15000元一条。从明治时代起，相扑界就有食用相扑锅的传统，当年相扑锅里的肉类主要是猪、牛等四肢沾地的动物，但这样的姿势让人联想到失败，被相扑界视为不吉利的食物，相比之下，一直保持亭亭玉立的鸡所寓意的胜利状态就好接受得多。石斑鱼肉质洁白，鲜美如鸡，所以又有"海鸡鱼"之称。长相漂亮的石斑鱼更是让人联想到锦鲤，彩头十足。

但九绘鱼在国内并不受待见，被叫作泥斑。中国人餐桌上比较尊崇的都叫老虎斑、龙胆石斑、红斑、珍珠龙斑，这些或威风或个性的某斑们，价格都在200到500元一斤，野生老鼠斑甚至要到1000元以上一斤。偏是泥斑价格只要150元一斤。而老鼠斑和东星斑属于鮨科鳃棘鲈属，也就是说，人家不是石斑鱼，是鲈。

有次我在名厨王勇那里吃的石斑，蒸得鲜美剔透！他谦虚说："石斑鱼本身肉质非常好，白又细，来自深海，也很紧，颜色特别漂亮，所以在我们厨房用的是比较多的。斑类可以长很大，种类实在太多，包括老鼠斑、龙趸斑之类，处理起来各有讲究。"

同一头石斑鱼，复杂到各个部位拆开都能成席。好在，聂璜那时候已经有石斑（古人称作海鲓鱼，很多人以为聂璜画的海鲓鱼是鳜鱼，但鳜鱼是淡水鱼，海鲓鱼其实就是石斑鱼。），至少有三百多年的烹饪历史，吃货的民族，就算瞎吃也吃明白了！譬如：龙趸实在大，处理不好就皮糙肉厚，一般来说技巧是加热鱼肉要"快"，而胶质与腩的部位反而要"慢"。我在厦门吃过一道酸菜龙趸石斑鱼肚，如果说粤菜里的鲍汁龙趸皮像是晶莹剔透的粿条，龙趸巨无霸的鱼肚（鱼鳔）就像是一块年糕，油脂正好被脆酸菜完美解开，令人神魂颠倒。

吃石斑相比"快"的脆嫩，我更爱"慢"的软糯。此前我和好友谢嫣薇（著名食评人Agnes）在香港大班楼吃了道剁椒龙趸鱼头，野生的，所以鱼头的胶质更肥厚，煮制时间也更长。用秘制辣椒酱发酵7天，出了神奇的甜味，再加上头菜与咸肉的贡献，一端出来，鱼的翘唇上就有了一道诱人的光。这也让我想起肥美的油斑。

泥斑（九绘）长得好像在模仿油斑，主要区别在泥斑体侧横带及斑块常不明显，关键油脂不多，所以香港人叫它假油斑。

不过，真油斑和假油斑的性别都是假的。泥斑寿命可以到二十几岁。幼儿园毕业时先是长雀斑的黑妹，没人喜欢，读到小学三年级左右变成迷人正太，追它的靓妹无数，一直采花到儿孙满堂，直到黝黑老帅哥寿终。黄鲷等也是这样浪荡过来的。也有先雄性、后来变雌性的鱼，是一夫一妻的，比如小丑鱼。

粤菜版本的石斑传统做法当然好吃。主持人袁岳私下特别爱下厨，见面就聊起他最拿手的萝卜鲜斑汤："三四两重的活小石斑鱼三四条，剖净备用。无油骨头汤一碗，加入一碗矿泉水，放入削皮的白萝卜块后煮开，中火持续十五分钟后放入石斑和酌量食盐。中火再煮十五分钟，加胡椒粉少许就可以出锅了。"我回家试了，鲜甜啊！

前不久我还吃了一道澳门的回锅炒东星斑球，主厨把肉片卷成球，厚度和弹性都完美支撑了辣味的"金边"，鲜为辣领命，浓度一激发，内部怡然是清甜到妙不可言。这就如，明明是黑皮男人，还耍着花腔，甩着回环电臀上前勾引。我只想眼睛一闭，管他是不是相扑选手。

烂煮春风三月初

[*Tenualosa reevesii*]

鲥鱼

弃骨取膜，鱼中罕匹。
四月江南，时我切尖。

——《海错图》鲥鱼赞

我一直觉得教人吃鲥鱼就等于餐桌调情，
得看着人家的眼睛说"含着"，
人家一脸懵的时候，
不留余地接着说"吸吮"……

三月清风微拂，郑板桥在泛潮的宣纸上写下这样一句诗："江南鲜笋趁鲥鱼，烂煮春风三月初。"江浙一带，这个时节正是吃鲥鱼的良辰，一期一会，等的好比是久别的情人。

所谓"鲥鱼"，犹如候鸟，春季顺长江溯流而上，到中下游一带产卵繁殖，按时到来，"鲥鱼"的浪漫名字也是这么来的。但二十年来野生鲥鱼骤减，一是因为过度捕捞，二是因为鲥鱼圈子小，近亲不可避免地产生爱意，"表哥表妹"的结合，难免让种群生存能力下降。

鲥鱼鳞片鲜。原来长江里的鲥鱼很宽，鳞片有一元硬币那么大，肉也肥厚鲜美。现在越捕越小，吃到活的都已经不易。张爱玲说："人生三恨：一恨海棠无香，二恨鲥鱼多刺，三恨红楼梦未完。"她与胡兰成也是如此，有多恨就有多爱。

但，我们无权责备爱情。尽管回忆起来，面对即将逝去的东西，眼神里都是汁水。

鲥鱼初夏时候才入江，银白色，脊背有点带青，和别的鱼不同，必须带着鳞片蒸。因为鱼鳞富有脂肪，营养会伴着蒸汽温润到肉和汤里，吃的时候一含二吸三嚼，再优雅吐掉即可。有一年春节，徐悲鸿夫妇派人为齐白石送上长江鲥鱼，并嘱咐烹制时"不必去鳞，因鳞内有油，宜清蒸，味道鲜美"。吃中贵族，那轻佻的仪式感就在这儿了！

鲥鱼讲究时令，在阳历四五月间最"饱满"，因为四月左右鲥鱼要洄游产卵，蓄积了春光的肥美，又经历从海至河的旅程，身上的盐分也少了。鲥鱼是越肥越好吃的，鱼鳞嫩脆，鱼肉滑腻，鱼刺虽多，却很软，不伤人。跨界艺术家眉毛老师说起他小时候的有趣见闻，认为鲥鱼产区以富春江流域最好，南至湄洲，再过去就不能吃了。顶级鲥鱼嘴巴有些发红。因为鲥鱼是出水就死的，扬州的盐商们又很考究，要吃活杀的。因此长江流域的渔民发明了专门用作"外卖"的挑子，两头装有简易炉灶，捞了鲥鱼后马上就地杀洗干净，垫上火腿放入挑子上的蒸笼，到了盐商的酒楼，鲥鱼刚刚眼珠爆白，嫩熟的，吃个两颊生鲜。不过富春江鲥鱼1991年之后就没有了。

鲥鱼做法上清蒸更常见，绝不能过了火候，老饕们挖空心思讨的就是那一口肥而不腻、细嫩如初。

现在的鲥鱼，养殖为主，比野生的更加肥美，一口过瘾全在"皮鳞之交"。

伺候上等鲥鱼，亚洲五十佳餐厅湖滨28的中餐总厨程郁有独到的理解："鲥鱼做法一般用清蒸，蒸的时间也有讲究——过长，鱼肉变老，鱼刺不易离肉，有渣，味道便会逊色。鲥鱼的鳞下有油，想要味道好，必须留鳞蒸。这是因为鲥鱼为产卵储备的丰富脂肪都储藏在鱼鳞之下。鲥鱼的鳞片口感稍硬，咬开之后油脂渗出，口感转为绵软。"

花下"蒸工夫"的鲥鱼，整条鱼如同披上了一件银白的盔甲，鱼鳞格外清澈晶亮，香味浓郁，芬芳中透出丝丝的鲜香。用筷子轻轻撩拨就可以把铺满鱼身的鳞片推开，置于鱼汁之中，再用筷子在鱼身上轻戳一下，鱼汁悄然流淌，肥瀌瀌。鱼肉丰腴而嫩，是不需要动用到牙齿的，只须舌尖轻轻一抿便已化作口中的鲜味了。

杭州灵隐寺山麓附近有家叫兰轩的餐厅，酒酿鲥鱼也是费足工夫，为了方便把握火候，大厨坚持自制酒酿。酒用的是三十年陈的花雕和纯粮固态发酵的汾酒，光酒的成本就是普通料酒的十倍。清香味道，一层层从酒酿、笋片、火腿开始剥。我用舌尖与上颚从上到下索骥，就像被勾了魂的焦躁鬼，直至舔到被鳞片氨基酸滋养过的肉身，这种愁烦才得到消解。

说到珍贵，前段时间沸沸扬扬的富春江鲥鱼也是稀缺货，绝迹多年终于重现。明清至民国时期，江南富户吃鲥鱼特别讲究，非要泛舟江心，在富春江边现捕现做现吃——那鲥鱼被称为出水船鲥，吃完后，面对江上清风，观涛品茗。富春江的鲥鱼肉质鲜美，明朝直到康熙年间都被封为贡品，也是满汉全席中必不可少的一道菜色。

我逼了程师傅告诉我挑选鲥鱼的办法："新鲜的鲥鱼鱼长尺余，乍看有点像鲢鱼，但头尖、尾大，通体银鳞闪光，这光泽就是新鲜的象征。因为鲥鱼起水死亡后需马上加碎冰进行保鲜。这样过一段时间，鲥鱼身体会进入僵硬状态，并且是持续僵硬。鲥鱼受热或放置过久都会影响新鲜度。当我们看到鲥鱼在冰鲜温度下仍出现软瘫情况，那么在一定程度上说明鱼不是很新鲜了。"

"好吃的前提是鲥鱼品质要好。"他说。

可是野生鲥鱼几乎被吃到绝迹，爱的反面就只能叹息了。程师傅提醒说，要肉嫩脂香，也不能过度迷信野生。养殖鲥鱼中有时候也能遇到"窈窕佳人"。除了长江边的江阴、扬州、千岛湖，最远到湖南张家界也有鲥鱼的养殖基地；国外主要就是东南亚一些国家。"记得2013年春节董克平老师来杭州玩，我请他吃的就是千岛湖养殖的鲥鱼，被赞说是那年他吃到过的最好鲥鱼。不过，国外的口感就比国内的差很多了，在烹饪时会用到炸的手法。"

要不是程师傅提起，我差点错过葱香爆鲥鱼。火腿遮羞，半掩鱼身豁开的白花花肉身，铺上满满的葱花，味道太性感！虽然是江浙的家常做法，但那升腾起的鱼香造了一个仙女入浴的太虚幻境——最近减肥的心太虚了。酱油水与葱油层层随着油脂渗到鱼肉中，微甜。

即使是以前，好季节也总是短暂的。在洄游过程中，鲥鱼依靠体内积累的营养维持，不再觅食，游到扬州、镇江附近的长江水面时，体内脂肪尚丰满，鱼鳞肥腴鲜美，到了江西湖北后，消耗殆尽，吃口就差了。

又到春天，我站在扬州水边，忍不住想：野生鲥鱼，你有本事让恨多刺的人都爱上，也要有本事让别人吃不着呀！

轻
松
爱

[*Carassius auratus*]

河鲫渺瘦，若束浅岸。
游入大海，心广体胖。

——《海错图》海鲫鱼赞

坐月子的时候，

我问月嫂阿姨，

海鲫鱼和鲫鱼什么区别？

"没有，都下奶。"

鲫鱼汤当水喝的我坐在床褥上冷静想想，小时候看的那些"王子和公主幸福地生活在一起"的童话还真是童话，现实就是沦落去生娃、坐月子。

鲫鱼们的恋爱方式才叫轻松，二胎算什么，夫妇俩生两千胎都是毛毛雨——雌鱼会把卵排在温暖的水域，接着雄鱼把精子也排进去，精卵就这样结合形成受精卵。一来二去三"浇花"，就高高兴兴把事办了。

我跟月嫂阿姨说，不能骗我这么一个单纯的小妇女，海鲫鱼和河鲫鱼差别还是有的。

河鲫鱼日常就是吃吃水藻，天热了就跑到深水区游泳和找对象，找到了就把尾巴凑在一起。海鲫鱼不用那么麻烦，没有深潜去解决私生活问题的癖好，而且海鲫是肉食动物，成天生活在海里，不用洄游。

二者外表还有一个老饕才知道的区别：鲫鱼鳞片比较小、圆、薄。而海太大了，遇到回眸一笑的几率小。所以海鲫鱼私人生活相对还是比较寂寞的，无聊就只能吃了，肉质鲜美又体型富态一些，是合情合理的。不过除了大小外，海鲫鱼身子骨是不能弯的，而河鲫鱼在盆子里会蹦跳，会弯曲。

不过阿姨说得也没错，很多海鲫鱼长在长江口。按照聂璜的说法，最早的海鲫鱼也是从河里洄游来。河鲫鱼与海鲫鱼，近亲到在盘子里不用分。

南方人的家常餐桌，无非是鲢鱼、鲫鱼、鳊鱼。鲫鱼的鲜，原因是骨头多。骨间肉是贪食者自虐的罪魁祸首。我小时候不知道卡过多少次鱼刺，都是鲫鱼闹的。我读幼儿园的时候嗓门比现在要尖利得多，老妈说一卡鱼刺所有邻居就都知道。现在，我很少会被鱼刺卡，不是本事大了，就是喉咙大了。我至今都怀疑人类的喉咙不是随着长大而变大的，而是被鱼刺卡大的。

我还没有在大酒店里吃到过好的鲫鱼，原因可能是这种鱼过于家常。响马原来是开咖啡馆的，也不是厨子，我在他的花房餐厅里吃到了平生觉得最好吃的小鲫鱼——如果平时吃的那种尺寸是邮轮，那他的鲫鱼就是救生筏，一对比，真的小。

半路出家做私房菜的响马，小时候有一段时间是在江苏长大的，他儿时记忆里的鲫鱼基本上都是野生的。河里面捞上来以后就装脸盆，放在路边卖。大的巴掌大小一条，小的只有半个巴掌大，也就十公分左右。那时候的鲫鱼，是山里的岩石色，比较黑，但是做菜特别鲜。"从小到大，我们对鱼的认知中，包头鱼等基本上是红烧的，做汤的就只有鲫鱼，鱼汤的鲜就从鲫鱼来的。"

我顿时明白，那种鱼做汤，不是吃肉的，得把透骨鲜煲出来。用我的话说，鱼就是药渣。用月嫂阿姨的话说"肯喝汤，下奶就行"。

"我记得最清楚的，就是小时候家里的长辈经常吃鱼。我爷爷吃鱼会卡刺，经常要跑医院。我们小时候吃鱼肉反而不会卡。可能是长辈比较疼惜我们，把鲫鱼肚子上很少有小鱼刺、只有大鱼刺的那块肉留给我们吃，而他们吃鱼背和鱼尾。现在想想还是蛮暖心的。"听响马说完，我这种吃整条的只能默不作声。忍不住讲个笑话，妈妈跟儿子说："儿啊，妈妈吃鱼头，身子留给你吃。"儿子后来哭着说："妈妈，你为什么不告诉我是剁椒鱼头！"话说鲫鱼的鱼头和划水也很好吃的啊！

爱的表达万万千。如果是葱烤鲫鱼，我每次都是要吃葱的，葱不多的话说明妈妈不够爱我。月嫂阿姨不逼我喝鲫鱼汤的，也不够爱。

爱情有毒

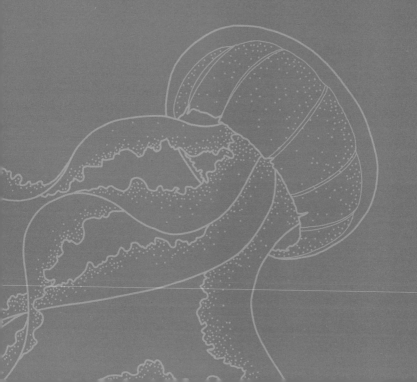

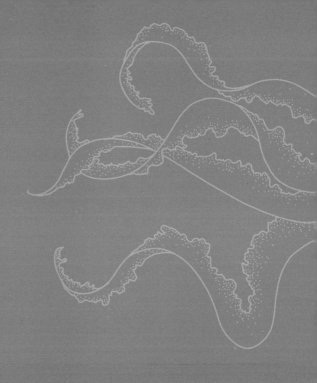

[*Scyphozoa*]

水母

按《物类相感志云》，水母大者如床，小者如斗。

明州谓之鲑。其红者名海蜇，其白者名白皮子。

——明·屠本畯《闽中海错疏》

菜肴名称 Dish name	学名 Fish's scientific name	昵称 Nickname	活动海域 Sea area
凉拌海蜇	Scyphozoa	海蜇	中国东南沿海

水母的一种

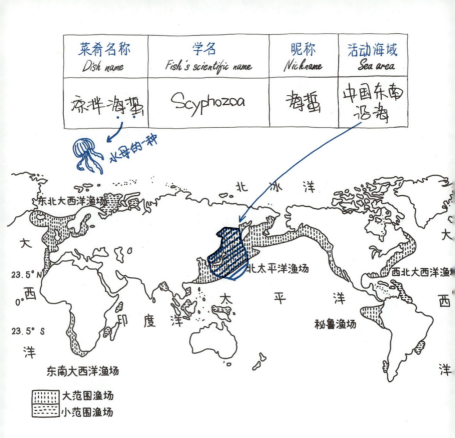

北冰洋

东北大西洋渔场

大
西
洋
23.5°N
0°
23.5°S
洋

印度洋

北太平洋渔场

西北大西洋渔场
西
大
洋

太平洋

秘鲁渔场

东南大西洋渔场

大范围渔场
小范围渔场

时令风味 Seasonal flavor	好吃部位 Tasty part
盛夏时节是海蜇生长活动的旺季 ！在水母爆发时期，日本人一天就能从核电厂的冷却系统中清出水母多达150吨。	海蜇和水母的腕　海蜇和水母的伞盖 海蜇头　海蜇皮 切丝

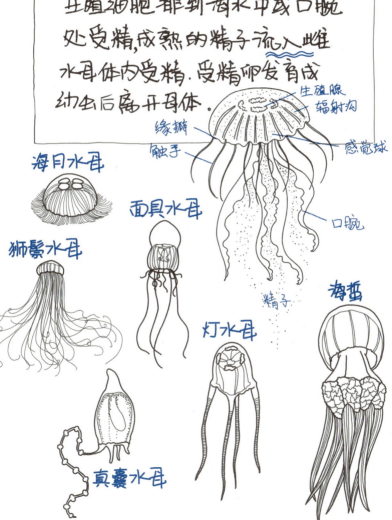

雌雄异体.生殖腺位于胃囊内.
生殖细胞排到海水中或口腕
处受精,成熟的精子流入雌
水母体内受精.受精卵发育成
幼虫后离开母体.

生殖腺
辐射沟
缘瓣
触手
感觉球
口腕
精子

海月水母

面具水母

狮鬃水母

灯水母

海蜇

真囊水母

肉质特征（生/熟）
Meat quality characteristics (raw / cooked)

肉质较厚. 营养丰富
呈藕色或棕黄色. 有光泽. 肉质坚实而有韧性
无沙心. 口感脆嫩.

在选购海蜇和水母时需要注意什么？

选购时一定要选择表皮光泽的,
另外切面应该晶莹剔透无任何杂
质或红点点, 以用手掐一下会发出
清脆的断裂声为佳; 而外形完整,
大小均等的海蜇最好。

 另外,

新鲜海蜇、水母可能会含有致病
菌, 在烹饪前把其放在清水里浸
泡两天, 然后反复冲洗, 改刀后再
用醋和大蒜浸泡5分钟以上即
可杀死病菌。

做法（生/熟）
Cooking method (raw / cooked)

凉拌. 焯水后与木耳. 黄瓜等凉拌
TIPS:
新鲜海蜇 不宜食用 因为新鲜的海蜇含水多
还含有毒素, 只有经过食用盐加明矾盐渍3
次(俗称三矾), 使鲜海蜇脱水3次, 才能
让毒素随水排尽。

（5分）(5 points)

典型做法评价 *Typical cooking practice evaluation*	🐟 🐟 🐟 ⊂ ⊂
重量 *Weight*	🐟 🐟 ⊂ ⊂ ⊂
鲜美程度 *Degree of delicacy*	🐟 🐟 ⊂ ⊂ ⊂
鱼刺疏密度 *Fishbone density*	⊂ ⊂ ⊂ ⊂ ⊂
纤维硬度 *Meat fiber hardness*	🐟 ⊂ ⊂ ⊂ ⊂
湿软程度 *Degree of wetness and softness*	🐟 🐟 🐟 🐟 ⊂
软颗粒感 *Soft granular sensation*	⊂ ⊂ ⊂ ⊂ ⊂

愛到天长地久

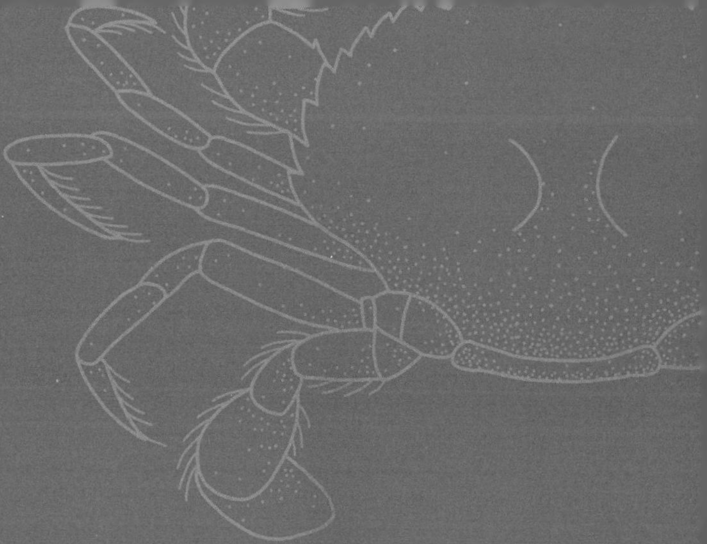

[*Brachyura*]

螃蟹

看绿衣郎拥红袖女，你便是我我便是你。

——《海错图》绿蚌化红蟹赞

"横行公子竟无肠"，

螃蟹长得无情无义不算什么，

命邦邦硬才叫厉害。

螃蟹连理时会紧紧上下环抱数天，

数天哦！

其他物种遇到这样的交配强度，即使是省力的"传教士式"，基本也撒手人寰了。传宗接代这件事上，八爪的动物都很执着。公蜘蛛为了交配，甘愿做风流鬼，最后被母蜘蛛吃掉，呜呼就呜呼。雄螳螂看起来兵器很厉害，但也是"睡立决"。母章鱼一生只产卵一次，做完感天动地的"家庭主妇"，孩子离家那一刻就疲惫而死。

虽然人们吃蟹是跟着（蟹的）生殖腺来的，但最先讲究的还是情志。古代墨客把吃蟹、饮酒、赏菊、赋诗，作为金秋的风流韵事。文学修养先不谈，蟹八件也可以慢慢学，可是，吃什么螃蟹，以及怎么吃都是学问。诗仙李白诗酒人生中黄酒螃蟹小风一吹，再《本草纲目》黄酒驱寒这斩钉截铁一强调，好像只要螃蟹找黄酒当灵魂伴侣，就不易出问题了。幸好，历史总是会发展，就像情圣总是会滥情那样，挡也挡不住。

当然，还需要科学。侍酒大师吕洋说，吃蟹配黄酒、雪莉酒、马德拉酒与年份老清酒最合适。搭配的原理是酒味觉核心的焦糖、杏仁、梅子味道。有一次，我发现螃蟹和普洱也很配。我还在日本米其林二星茶禅华吃过一道蟹黄、公蟹肉与蟹膏垒叠在蟹斗里的"鸳鸯蒸蟹"，后半程用甜味黑醋醒味，配意大利格拉夫内酒庄（Gravner Winery）的橙葡萄酒，有干橙子皮的味道，也奇妙匹配。

海鲜讲求的鲜，其实是五味之外的一种味道，在日文里是うまみ（叫作umami），日本大学教授在20世纪70年代确定它是单独的除酸甜苦咸之外的另一种味道。我们现在使用的味精是化学提炼的，而新鲜海鲜含有大量うまみ，经过简单水煮就可以给人以鲜的感受。

一到夏天，李渔就开始攒钱买蟹，这被他称作"买命钱"——他一顿能吃掉二三十个螃蟹！我以前觉得李渔是个疯子，真的爱上螃蟹后，太理解他了。

美食家飞哥说："不同温度不同深度的生存环境导致蟹的性成熟时间有差异，从南到北完全不一样。哪怕同是大闸蟹，高品质的蟹体重也不一样，苏州的标准是3.5两（公）跟2.5两（母），北方则是2.5两（公）跟1.8两（母），不一样的自然生存环境产生了不一样的变化。"

我以前一直标榜，每年从"六月黄"开始的当季大闸蟹必须是原味的，后来发现不尽然。我吃过咖喱口味的正太大闸蟹，壳子还是松脆的，眼睛一闭，鲜甜起来像是肉脆饼。

浙南人觉得海蟹才是好的，他们遵循"九团十尖"的说法，不辜负的王道烧法是清蒸。出锅的梭子蟹自带一点海水的咸味，加上肉质本身的香甜，确实相得益彰。

潮汕人估计要来捣乱，他们要吃秋风起后的打冷冻花蟹！（花蟹学名是远海梭子蟹。）

无论如何是海蟹，跟湖蟹比次之，与江蟹比还要再次。我用南方人的脑回路又礼貌性补了一下（先不提寄生虫），还好是生吃的，鲜味浓郁又高级。

老一辈北方人估计无比不屑，管他江河湖海谁鲜，是螃蟹总是有一些腥的……薛宝钗算是南京人吧，地理上有一些靠北方了，喜欢精细的"油盐炒枸杞芽"，还在《螃蟹咏》中说："酒未敌腥还用菊，性防积冷定须姜。"舟山、台州、温州，有多少人吃蟹完全不需要姜醋！

蟹上了桌，比《理智与情感》的剧情还复杂，蟹宴吃得不多的时候，我也是斤斤计较的。幸好中国菜教给我的最大本事，就是大肚（度），因为变化应接不暇，小小一个省份的菜式样貌可能就超过一个洲。谁敢说对的就是对的，除非舌头是智能电控钛合金做的，用程序预写味觉。

我暗中观察多年，评价最好吃的螃蟹，要看食客的特殊癖好。

让老饕有处女情节的奄仔蟹

每年中秋到了奄（yǎn）仔蟹季节的尾巴梢时，我都会难过。这种蟹是未经过交配的母蟹，是体重不超过四两的处女。蟹之精华所在当然是蟹黄。我个人认为，奄仔蟹蟹黄的肥美度完全在大闸蟹之上，稠而不硬，煮熟了还有生蟹的流淌感。而青蟹、大闸蟹则完全性成熟，蒸制之后蟹黄大多凝结成胭脂色块状，鲜美但口感颗颗板结。

"奄仔"这个词来源于粤语"奄尖"，是挑剔的意思。无论是普通成年青蟹，还是大闸蟹，雌蟹的肉质虽丝丝分明，但会稍显粗糙。而奄仔蟹肉质嫩到肉纤维之间软嫩相连，拨开时"丝丝扣扣"。揭开奄仔蟹的蟹盖，我就想叫出"我的心肝"。

海产除了对冷热敏感外，盐度也起着重要作用。海水过咸，蟹肉会立即变得粗糙；海水过淡，蟹肉又会变得松散。奄仔蟹一般生长于咸淡水交界处，所以兼具淡水蟹的鲜嫩肉质和咸水蟹的丰腴多膏。奄仔蟹的真身是青蟹，奄仔、重皮、软壳蟹、水蟹、膏蟹（也叫肉蟹），指的是它一生中不同阶段的名称。奄仔蟹还分为青白黄黑四种，以黑奄最好吃，黄奄为次。奄仔蟹的数量并不多，每年吃到的时候，我都哀叹：哎呀，要明年再吃了。

蟹中最美孕妇是黄油蟹

两年前，我介绍蒋友柏与阿里市场官董本洪会面，恰逢农历七月，就邀请他们吃黄油蟹。黄油蟹是螃蟹里的坚强孕妇，暴晒美肤到通体油光锃亮。

其实，黄油蟹本身不过是一只普通青蟹。大部分的母青蟹蜕壳后，会向膏蟹进化。只有极少数，因为膏油积聚过多，被日头晒到膏黄全化，流淌到母蟹每一处肌肤和骨骼，日光一照像蜜蜡一样润，这就是黄油蟹。

顶级黄油蟹，蟹油已渗透蟹的关节部位、每一只蟹脚，"黄蜜"分布均匀、饱满、橙黄、透明。顺手折断蟹脚，黄油就会志得意满滴出。但1000只青蟹里，只有1到3只才有机会变成黄油蟹，还非得鬼月抓住机会，否则当年饕餮的缘分就尽了。

盂兰盆节有一个食物上的禁忌，就是不能供奉螃蟹，说是螃蟹会抓花鬼的脸。那么鬼月的黄油蟹只能勉为其难让我享用了。鬼应该泄愤了，因为螃蟹遇到了永恒的冤家——人类。

据说以前不少捕蟹者捉到黄油蟹都会摆鬼脸，因为卖不上好价格。直至2004年被美食家挖掘成蟹王，黄油蟹才价格猛涨。优质的黄油蟹，起码千元一只。

有一次鬼节当晚吃完黄油蟹到家，我满脑子就是一个念头：鬼如果知道黄油蟹这么好吃，食童男童女也如嚼蜡吧。搞不好被黄油蟹抓了左脸，会想把右脸贴过去再被抓一次。

温州人的"江先生"蝤蛑

温州菜的精髓在于淡而不薄，有个代表作就是江蟹生（念快起来像"江先生"）——温州本地人指的是梭子蟹，而高级餐厅通常升级为蝤蛑。

温州人爱它们的心是苍天可鉴的，但他们只要鲜腌的"半小时少女"，才不要醉了一天一夜的"徐娘"。酱油、醋、酒、生姜和胡椒，拌一拌冷藏后，疏松鲜嫩的蟹肉就有了香辛吻过的痕迹，而且完全没有江南呛蟹的咸。江蟹生厉害在把江蟹的俏丽都激发出来了。

那蟹肉凝脂玉一样，特别是贴近蟹壳的黄，糯口到即将粘牙，但在嘴里又鲜甜到融化掉。非要尝过，你才能辨别出来，光想象是不管用的。

上海人捧红的大闸蟹

唐宋时期，最正宗的大闸蟹产自河北沧州到白洋淀一带，有食客打趣说还有一股驴肉火烧味。根据《平江经事》记载，安史之乱后又有"吴中蟹味甚佳，而太湖之种差大，壳亦脆软，世称湖蟹第一"的说法。

苏州大闸蟹变成新贵，是上海人的杰作！很多人知道上海的简称是"沪"，但不知道为什么叫沪。"沪"是指把竹枝编成栅栏插到水里捕捉螃蟹。苏州的大闸蟹让上海变成一座由捕蟹用具来命名的城市……

不过，近现代小说家包天笑有不同见解，他曾在《大闸蟹史考》里曰过："'大闸蟹'三字来源于苏州蟹农的叫卖，总是在下午挑了担子，沿街喊道：'闸蟹来大闸蟹'。"这个"闸"字，音同"sa"，（"sa"在吴方言中就是水煮的意思）。蟹以水蒸煮而食，谓"sa蟹"。

很多人笃信大闸蟹才是蟹中至宝。但长毛的大闸蟹并没有特殊来头，其实就是咱们国内正宗的土螃蟹，也是穷人夜宵的鼻祖，不过因为野生的快被吃光了，就金贵起来。

腿控都喜欢的帝王蟹与雪蟹

我有一位漂亮女朋友，远嫁美国，老公文质彬彬，经常帮老婆开个车门撑个伞，倒也体贴。但有一次吃饭，我是实在看不下去，她居然在帮他剥！蟹！壳！那时简直感觉我的女朋友嫁给了一只螃蟹，脑子里只有美国电影《巨蟹岛》的惊悚画面。在国内，我们这些"直女"撞见需要这样伺候的男人，是要当面翻脸的。

其实，那是文化差异。美国人排斥有壳有刺的东西，美式文化里，给餐馆服务生小费的意思是"谢谢你，我懒得动！"端上来的东西得里里外外活剥干净，出个卡喉咙事件还可能被告。不过很多供应螃蟹的美式餐馆，因为太难，也是建议客人自己剥的。

我建议她与老公吃一次帝王蟹或雪蟹试试，因为无论如何，这么彪悍的螃蟹总应该由绅士处理了。日本的鸟取县和北海道都是非常有名的帝王蟹产区。在美国，帝王蟹只产于阿拉斯加，而且美帝的帝王蟹能一不小心发育成超大尺寸——帝王蟹壳宽可达25厘米以上，蟹脚完全展开将近1.5米，螃蟹中的长腿欧巴就是它！特别符合我这种腿控的审美。

日本"蟹道乐"的蟹怀石好吃，但我更喜欢直接烤的。一份好的食谱取决于食材之间的关系，这包括一起烹调后的化学互动与改变，还有味道上的结合，像是美拉德反应[1]告诉我们，食物烹煮成金黄色，会更有滋味！这其实说的就是烤，烤帝王蟹时最好洒些啤酒！

帝王蟹实际上是大个子的石蟹，但其实，我更爱雪蟹——每只重达700克的顶级美味。雪蟹肉质纤维感更强，而帝王蟹肉质更为绵密。我曾说帝王蟹有8只足，雪蟹有10只，这其实是错的。帝王蟹也有10只足，只不过因为它和寄居蟹一样，有一个不对称卷曲的腹，最后2只足就蜷在腹下，所以如果不仔细观察，就会犯我这种

1 1912年法国化学家美拉德（L. C. Maillard）发现甘氨酸与葡萄糖混合加热时会形成褐色的物质。后来人们发现这类反应不仅影响食品的颜色，而且对其香味也有重要作用。此反应即称为美拉德反应，亦称非酶褐变反应。

错误。

虽然体型要比帝王蟹小不少，但雪蟹的蟹腿修长曼妙，蟹壳颜色较淡，"皮薄馅大"。硬要凑的话，可以和帝王蟹凑一对蟹王蟹后。雪蟹肉质鲜美滑嫩，塞进嘴里，满口都是丝丝肥甜，蟹黄与蟹膏更是鲜美无比，被日本人奉为龙肝凤髓。

丰腴蟹腿，是雪蟹最珍贵的地方。简单炙烤后，外壳泛着新鲜螃蟹才有的红亮光泽，就像十条少女的玉腿，能让人爱不释手到觉得自己变态。趁新鲜，只要筷子轻轻一戳，白花花的蟹腿肉就整个地脱出来，泛着彩虹色的光泽，简直令人情不自禁！其实雪蟹刚捞上来时，直接刺身更好吃，甜度比帝王蟹还高。

玩功夫的毛蟹

日本人也是爱玩"内功"的。他们最迷的肉蟹其实是北海道毛蟹（梭子蟹的一种），全身遍布又短又硬的毛，日语叫作"けがに（kegani）"。婆婆我有次冒着暴雨去香港名店Nikushou（肉匠）吃一道北海道毛蟹的料理，每个转角都是蟹肉。

主人"肉先生"（他说这样叫才舒服）介绍说：毛蟹要选当季飞机直送的北海道毛蟹，不同尺寸的蟹根据大小调整蒸的时间，再拆肉酿回蟹斗里，经过一个晚上幽幽失去部分水分，蟹肉会保持最甜且湿润的状态。搭配的醋冻里早埋下提鲜的伏笔，但那不是周正坚硬的冻，而是半带流质挂在蟹肉上，随着紫苏花一起入嘴即化。

那是我吃过的最难忘的毛蟹。

不红都难的蟳

冻蟹是潮汕打冷中的经典，婆婆我曾在香港的百乐潮州鲍鱼饭店，吃到一只长臂的冻花蟹，美坏了。因为冻花蟹夏日里格外肉质清鲜，每一口肉都饱含着蟹肉的回甘。

其实细考起来，花蟹属于蟳，和梭子蟹最大的不同是形体上的——蟳没有梭子蟹那样位于身体两侧的两根长"刺"，整体显得更紧凑方正，壳也更厚更硬，蟹螯相对粗短有力。红花蟹得益于自己独特的颜色和花纹，一般不容易被认错。

闽南还有一种吃法，叫作红蟳米糕，用糯米、鲜蟹烹制。红葱酥、猪肉丝、香菇丝、海米、鱿鱼丝炒制的糯米饭是厚厚垫子，再盖上膏汁浓郁的红蟳，最适合秋天。日本人也偏爱这道菜，但他们喜欢用石蟹来做。

即使是同一种螃蟹，吃法也实在五花八门！

我曾连吃三个月的蟹，都照着袁枚老爷子《随园食单》的心法："蟹宜独食，不宜搭配他物。最好以淡盐汤煮熟，自剥自食为妙。蒸者味虽全，而失之太淡。"翻成普通话就是，怎么简单怎么吃。长了副天生妖孽的样子，却要这么清淡过日子，怎么可能？

螃蟹真的是可以乱来的。想象下你是15世纪意大利文艺复兴时期的法餐之母凯瑟琳（如果你是男的就装gay），嫁给法兰西国王亨利二世（他可以装受）。请在大脑中翻阅牛肉、小牛肉、羊肉、家禽、海鲜、蔬菜、蜗牛、松露、鹅肝及鱼子酱这些词，然后闭上眼睛，用意念把中国大闸蟹加进来。

曾经的法式蟹宴里，就有"蟹肉泡芙炸蟹球冬松露蟹蛋盅"，听起来蟹魂化身成三位一体，反正好吃的神物怎么样都对。不要介意十只爪子爬进高汤、鲜奶油、牛油甚至是咖啡……连香颂里都可以有鲜味。请问你可以吃下十只螃蟹吗？待会再回答我。

南北通吃的醉蟹

醉蟹，这种原来仅限于江南一带的时令食物，往往有两种做法：生醉与熟醉。生醉最有名的是宁波风格的盐呛蟹、沪上风格的生醉蟹、潮汕风格的生腌蟹；蟹可以是湖蟹，可以是海蟹，各有好风味。

熟醉蟹是先将大闸蟹蒸熟，再进行酒醉。这是为了卫生而大行其道的做法。

有一次我在淮扬菜大师侯新庆老师的局上，吃到花雕熟醉蟹。带着指环的8两以上的阳澄湖大闸蟹，在加了25年陈花雕酒和五粮液的秘制醉料里喝饱了酒，为了保持低温的口感，蟹被一个中空的冰球笼罩住，熟醉之后再冰镇。齐声"岁岁平安"后亲手用小钢锤凿破冰球的仪式感，让我对满壳的膏更加怜惜。

吃蟹肉，浓郁的醉汁里透着鲜甜，呷一口10年陈的古越龙山花雕，双重尾韵。

寒露之后满膏的蟹对多数南方家庭来说是珍馐，可是很多北方家庭还是觉得"腥"，更别提"生吃"。

北方流行熟醉蟹也是这几年的事。京城名厨段誉早年间在南城的一家五星级酒店做中餐主厨，需要打造一款爆品，不能是传统的燕鲍翅，于是想到了蟹，费尽心力，开发了一款熟醉蟹，一时火爆京城，后来这道菜被不少高端餐厅引入旗下。

我的朋友小宽告诉我，北方人骨子里对生吃的东西心怀畏惧，因为自古是苦寒之地，鲜活水产不多，经过长途运输而来的鲜活水产丧失了灵气与新鲜，生吃往往会腹泻，烹饪后才放心，所以北方人大多忌生冷。

以前夜里无事，我在自己的粉丝群里发了一个投票游戏，发现大部分南方粉丝都喜欢咸的、鲜的、生的，北方的刚好相反。越发钦佩北宋沈括《梦溪笔谈》的概括，中国当时的口味分水岭"大抵南人嗜咸的生的，北人嗜甘的熟的"。韩国日本显然不在其列，这两个国家的人都喜欢吃生的，韩国爱辣，日本爱甜。

这个问题仔细一思考就像心里长了十只爪子，还是先想想蟹好吃的隐私部位吧。不过吃熟的怎么都好像看成人小影片隔了好几层衣服，如果可以选的话，还是生的吧……

蟹黄蟹膏

到现在为止，我还是搞不清楚古人吃蟹的奇怪思路，他们最早看重难咬又肉少的蟹螯。大酒鬼们右手持酒杯，左手持蟹螯，半闭的双眼中透出梭子的犀利，傲娇的气场倒是满分的。幸好后汉开国皇帝的吃货小儿子刘承勋让这种嘴脸漏了气，他打小见到螃蟹只挑肥圆的，掰开吃蟹黄，好多人问他味道怎么样，干嘛不吃蟹螯？他强咽下"你们傻呀"，礼貌性回击了一句大实话"十万个蟹螯，也顶不上一个蟹黄"。如果能穿越，我真想抓着他的肩膀补一句，小刘啊，别忘了公蟹的蟹膏。

日本米其林二星茶禅华的蟹宴菜单里有一道前菜：220克的公蟹和220克的母蟹分别生醉上来，其实就是交叉对比公母两种蟹膏在生醉后的效果。母蟹膏琥珀色，像太妃糖；公蟹膏土黄色，像厚蒸蛋。

蟹膏可以单独拆出来入菜。我心心念念的，还有蟹粉狮子头。清嘉庆年间林兰痴在《邗江三百吟》中说："肉以细切粗斩为丸，用荤素油煎成葵黄色。俗云葵花肉丸。"而淮扬黄鱼狮子头则遵照四肥六瘦的比例，纯人手剁肉，用黄鱼肉添一重鱼鲜，口感也更加软嫩。其间夹杂的蟹膏粒和雪菜粒是口味上的爆点，淋上精心熬制的清鸡汤，以鲜调鲜，形成味蕾间层层叠叠的曼妙体验。

皇帝终于还是发现，一颗夹揉了蟹粉的葵花肉丸子，才算真正有了葵花的娇羞黄，那是让人饭饱思淫欲的颜色。

突然想起，我在黄龙饭店吃过美食家陈立老师创立的菜品——马蹄蟹，这道菜的蟹粉本身在质感上做了创新，绵密的马蹄在蟹膏的绵软质感之上又加了一个爽口层次，解腻又清甜。

拌米饭生吃的酱油蟹

有时候我会在家里倒一壶酒，遥想米其林一星韩国首尔大瓦房的酱油蟹。记忆中那个螃蟹真的美味得很淫贱啊，蟹肉轻轻一嘬就可以从蟹腿里滑出来。

和中国南方的炝、醉、生腌类似，韩国酱蟹的吃法有很多，关键在于怎么三十六变吃蟹黄。服务员介绍的是拿一片海苔，先铺上米饭，再放上蟹黄，卷在一起放进嘴里，外脆里嫩是一种。旁边一些当地人还会把米饭放到蟹壳里和蟹黄汤汁一起搅拌着吃，盈溢满口鲜也是一种。蟹黄略微有些腥，配上汤汁的酒糟味刚刚好。

严格意义上来说，酱蟹来自中国。最早的蟹宴里少不了《周礼》记载的"蟹胥（酱）"。韩式蟹酱的雏形则来自吃剩下的酱油蟹，捣碎了，边藏边吃。

食生之心，于我，是一团皎月。远了，餐桌像阴霾的夜空一样空；近了，又在想，什么时候太阳能出来（吃口热的吧）。

皇宫里的蟹

很多皇帝都喜欢吃螃蟹，但隋炀帝和宋孝宗的口味就有很大不同。不过无论哪个皇帝，最后都是吃蟹粉的。

隋炀帝喜欢"糖蟹""糟蟹"；宋孝宗喜欢"蟹酿橙"，吃法更考究："橙用黄熟大者……以蟹膏肉实其内，仍以带枝顶覆之，入小甑，用酒、醋、水蒸熟……香而鲜，使人有新酒、菊花、香橙、螃蟹之兴。"他老婆谢皇后温柔体贴，每次进膳，总让老公宋孝宗先用，太精致的菜自己都不吃。

"蟹酿橙"是宋代的一道名菜，曾上过御筵——张俊进献给高宗御筵中的"螃蟹酿枨"，"枨"即橙。蟹膏肉遇橙汁会产生异香，醋可去腥。

用沈爷的话说，这道菜其实已经达成了味蕾体验的闭环。橙子的酸甜和蟹肉的鲜美，完美（做个金星的动作）。一般人不能再添一丁点什么了。我忍不住偷师了来。

这道菜，杭州不少大馆子都能找到标准版本，我更喜欢湖滨28程郁大厨的，果酸与咸鲜平衡最好。

南宋林洪《山家清供》里记载的这道菜只用蟹膏肉，并且是无油的，这里做了改良，口感更适合现在的审美。

说到吃，步履不停，这道菜其实还在变，有次"寻蟹季"沈爷亲临。我吃到的菜品中印象最深的是有蟹酿橙基因的"蟹粉香橙鳕鱼金福袋"，是有30年淮扬料理经历的桂花楼行政总厨高晓生师傅做的。

吃蟹的麻烦

很多人吃蟹粉是因为觉得吃螃蟹既麻烦又腥手，但很早以前，这个事情就被解决了。

《红楼梦》里那场中秋宴会，在于脑补，文中只用一句"那美酒佳肴自不必说"引人口水。1987版电视剧对此大肆演绎，还出现了蟹八件——甄士隐与贾雨村中秋家宴食蟹，用上了长柄叉、挑针，还有斩蟹腿的小斧子……看得蟹脚痒，人心也痒。一天在甄家书房里，贾

108

雨村偶然瞥见甄家的丫鬟娇杏在院内掐花，丫鬟多回头看了一眼，贾雨村回到庙里就害起了单相思。写下《中秋对月有怀》那句著名的"蟾光如有意，先上玉人楼"。月光你要是有意撮合，就替我先上美人的闺房，去传个情，从此奠下整部《红楼梦》的基调：秀色可餐。

贾赦将贾迎春许嫁了孙绍祖，并将她接出大观园去。贾宝玉十分惆怅，天天到贾迎春住过的紫菱洲一带徘徊，只见"轩窗寂寞，屏帐翛然"，"那岸上中秋时节的蓼花苇叶，也都觉摇摇落落"。我的惆怅是满手蟹味，不过吃蟹之后，学着王熙凤拿菊花叶和桂花蕊熏的绿豆面子来洗手就好了。

这跟"好吃"比起来，实在不算什么了。有时候所谓感春悲秋，也就是多吃一口少吃一口的事。

深夜了，我吃完好多螃蟹，害怕得睡不着。我主要在揣测螃蟹的传教式效率高不高。

《蟹酿橙》菜谱

原料:甜橙、河蟹、白菊花

调料:芝麻油、米醋、生姜、香雪酒、白糖、盐

制法:

1. 甜橙洗净,顶端用三角刀刺一圈锯齿形,揭开盖,取橙肉及汁水。蟹煮熟,剔取蟹粉。

2. 炒锅烧热,下芝麻油适量,投入姜末、蟹粉销煽炒,倒入橙汁及橙肉,加香雪酒、米醋、白糖炒熟,淋芝麻油,摊凉后,分装入甜橙,盖上橙盖。

3. 取大深盘1只,将甜橙排放盘中,加入香雪酒、米醋、白菊花,包上玻璃纸,上笼用旺火蒸10分钟即成。上席时,可将甜橙分别用小玻璃纸逐只包扎好,放入小盅,方便食用。

一期一会

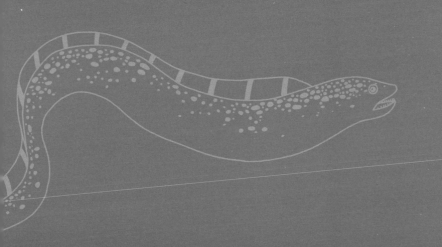

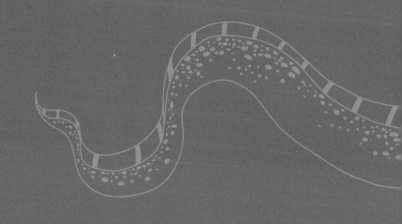

[*Muraenesox cinereus*]

海鳗

似鳅嘴长，比鳝多翅。

食者疗风，本草所识。

——《海错图》海鳗赞

我的外公告诉我，

太外公在弥留之际，

各种回魂补身的食物里，

选了火腿炖鳗。

我说，

要是心血管的毛病，

不是越吃越过去吗？

外公没说话。

长大了才知道，

鳗鱼按老说法是补肾的。

那毕竟是中国十全大补里的终极补法。

我在香港大学的研究生同学戴瑞克（Derek），家里一直经营带KTV的酒家。小的时候他父亲让他拿张桌子坐在梅艳芳、张国荣、黎明等打麻将房间的隔壁，默默写作业。虽然眼睛盯着作业，但鼻子和心早跟着棋牌室门口各色点心的氤氲香气飘着进去了。其中有一样叫鳗鱼饭的食物，一直在他小小的心里热腾腾地游来游去——故事讲到这里，连我自己都觉得他会去开一家鳗鱼饭店——不过他去的是日本的活鳗鱼加工厂，日复一日的杀鳗训练是日本老师傅的提携方式。但戴瑞克说，鳗鱼厂里每天死寂又腥臭，再也不想吃鳗鱼了。

野生鳗鱼现在基本是一尾难求，只能靠养殖，这跟鳗鱼作死的忠贞有关。据说鳗鱼一辈子只交配一次，每次约会必须在特别的地方——欧洲鳗鱼和美洲鳗鱼偏爱大西洋中间的马尾藻海，日本鳗鱼要到太平洋中间的骏河海山附近才有激情。花六个月，秋天出发，第二年春天到，一路吃着海雪——这食物听起来诗情画意不可方物，其实是浮游生物的排泄物——小鳗鱼也是一路情窦初开，有了性别。（张新民老师说，在交配前鳗鱼专注到不再进食。）当然发小里碰上一对终成眷侣的就像中奖。虽然，游向爱巢的唯一结果就是爱完就死，但凄美就凄美在这里。

有几个地方，对活鳗鱼是有执迷的，我们熟知的有广州、香港，还有日本。也不要以为只有日本人吃鳗鱼，西班牙人吃小鳗鱼就像我们吃银鱼似的。不过，他们现在也没有浪费野生鳗鱼的这种福气了。

《新周刊》经济部的好朋友雅蔓告诉我，现在大部分鳗鱼来自广州，广东省还有鳗鱼业协会。我说那协会的主要工作应该是讨论这么多鳗鱼怎么做好吃吧。她说，不，95％以上的活鳗鱼是从广东"游"向全球的，广东活鳗鱼年出口量有6000到8000吨。这让我对日本那些现存的活鳗小工厂有了新的审视。

有一年过年我在日本看颜真卿的展览，不仅先活活排了一个小时队，那个荡气回肠的《祭侄文稿》据说还要再等四十分钟才可以看，而且每人只给20秒观摩时间……路上遇到刚从新潟滑雪回来的晓芹（她是美国NASA展在中国落地的推手）与她友人，我们本想在东京国立博物馆附近找个简约又不简单的餐选，可惜"松韵亭"的豆腐怀石没预订吃不了。不顺利的一天给我刷出一张扁平酱油脸，临时决定去吃顿鳗鱼回复气色。终于来了运气，我们拿到上野的"伊豆荣本店"的位子，这是家260年的鳗鱼店——毕竟是米其林一星，也不用排队。

松竹梅套餐里，应了梅景的是经典蒲烧鳗鱼；我斗胆点了白烧，也香糯无腥味。小配菜也不含糊：鲹鱼背部和腹部刺身正是好时候，甘露煮海带干湿度很好。牛蒡和胡萝卜塞到猪肠里也让我觉得贴心。特别是牛蒡，日本养生专家推崇备至，但再健康也不能让我爱上，除非是脆脆的椒盐冻干，还可以勉强接受，这道也算得上"良药不苦口"。

我吃到鱼盒里有鳗鱼的汤汁，想起飞哥曾说："作为一个广东人，我从小就接触不同的淡水鱼，也由于有个做菜还挺讲究的外婆，因此对鱼的味道记忆相当深刻，以至于在外面就餐时，时常对餐厅的处理方法多有不满：一是清理不干净，以致留下太多的泥腥气和血腥味；二是调味手法过于粗暴，使原本该有的味道流失了。比如说，鱼腹腔里的脊骨处有一层膜，杀鱼后会有很多鱼血凝结在膜与脊骨之间，必须要划开清洗干净，才能避免血腥气。又比如，鱼头内的黏液和鱼肚内侧的黑膜都要清理干净，才能去除泥腥气。这样处理好后，蒸鱼时留在碟子上的汤汁就可以保留。传统上来说，蒸鱼不能把酱油直接淋在鱼身上，而是要围着鱼身倒酱油，就是因为有这些鱼汤，酱油和汤汁混合在一起，就成为最好的酱汁。现在蒸鱼都是把这些汤汁倒掉，直接淋调好的蒸鱼酱油，失去了原汁原味，味道自然有所欠缺。"

鳗鱼其实蛮迟才进入飞哥的味觉记忆，当他在珠海这个咸淡水交界地吃到野生的乌耳鳗时，就被那种爽脆甘腴的味道吸引了。后来，鳗养殖业开始发展，鳗鱼渐渐成为常见的食材，但野生鳗鱼的味道还是不可替代的。

说起来，飞哥还有一个作为专业吃家的遗憾——在东京羽田机场附近，有个叫作穴守稻荷的车站，这是在羽田乘早班机的旅客时常会住的地方。但这里以前也是东京湾渔民的聚居之处，镇上还保留有一对老夫妻经营的一家小店，专门料理东京湾的沙鳗。东京湾的沙鳗是名产，也是海鳗中的奇珍。捕捞沙鳗的渔民，一定会用自己的仪式料理，而且会遵循传统风味。飞哥曾两次专门安排时间登门造访，但由于语言不通，无论怎样表达，保守的老夫妻还是因无法理解其意，怕照顾不周而拒绝了，因此飞哥终是未能如愿。"尽管如此，我一定会找东京的朋友想办法，希望在下一次去东京时能如愿以偿。"

据传名医李时珍有一天出门采药，路过一村庄时，很多人围着他请求看病。其中一个女子也求他救自己一命，结果，李时珍看了后只说了一句："你另求高明吧。"连名医都看不了，于是女子绝望地跳入海里。

多年后，李时珍再次来到此地，发现那个女子不但没有死，怀里还抱着一个小孩。李时珍有点吃惊地问："请问，你是吃了什么药物才得以继续活在世上，还能结婚生子？"女子说："我没吃半根药草，也从未再求医过。"原来，女子跳海时幸好被一位渔夫救起。但渔夫拿不出什么给这个病恹恹的女孩吃，于是每天给她做自己打捞上来的鳗鱼。女孩的病渐渐好转，还嫁给了渔夫，生了孩子，之后幸福地生活在一起。

我特地去查了，沙鳗含有一种稀有的西河洛克蛋白，中医上确实有强精壮肾功效，被民间称为"水中软黄金""水中人参"。锅仔沙鳗筒，不用惯常的清蒸，而是借鉴了锅烧、干烧鳝段的做法。我在想女的也有肾吧，不过，我满脑子都是好吃，如果真能像坊间说的满足"吃了还能美"的贪念，那就再好不过。据传，海鳗不但大补，皮、肉都含有丰富的胶原蛋白，被称作"可吃的化妆品"。

沙鳗肥嫩，表皮还多了香脆。当然，鲜鳗之外，绝不能忘了阳光照过的干鳗鱼。这就不得不提江南渔哥掌门人蔡老板（人称"姥爷"）的鳗筒和鳗干。鳗筒和鳗干选用的其实都是海鳗，不同的是，鳗筒是圆的，鳗干是扁的。

鳗鱼是宁波人家桌上不可缺少的一味食材。"姥爷"的祖传做法与众不同。"姥爷"是土生土长的宁波人，他说，将鳗鱼从肚子上剖开、清理掉肚里货后，一定要用布轻拭血水，千万不能用一滴水冲洗，以保留鳗鱼的自然香味。再用一点盐在鳗鱼肚子里抹一下，算是腌制，接着用绳子一圈圈地将鳗鱼扎起来，吊在屋檐下冷风吹上几天，鳗筒就制好了。而鳗干是将鳗鱼从背部剖开后，用细小的竹竿撑开，之后的制作步骤和鳗筒相似。这样的鳗，既是食材，也是鲜味的引擎。

"姥爷"很神秘地说："我接下来要说的是鳗筒的祖传做法——把吹完风的鳗鱼洗净，切成一段段，每段10厘米，不蒸，而是放到鸡汤里去煮，煮熟后捞出来放凉。"

每每想吃时，就将鳗段拿出来，去皮、剔刺，和京葱、香菜、麻油和料酒拌到一处。

多了鸡汤的煨制，等于给晾出来的鳗筒和鳗干换了血，难怪吃过的人都说比其他地方买的要更为鲜美。尤其再用鸡汁蒸，或者拿来炖土鸡，更是鲜上加鲜。为了不辜负制作鳗筒的繁复和诸多食客的期待，选什么样的鸡就成了下一个重点。

竹林鸡、茶园鸡、放山鸡、走地鸡、生态鸡、农家鸡，不知道试了多少，都觉得不够完美。也是机缘巧合，"姥爷"突然想到去临安寻找食材的时候吃到的一只上过央视CCTV10的神鲜鸡。很多人在喝土鸡汤的时候，往往撇掉上面黄色的一层油脂，但是加了鳗干的神鲜鸡的鸡汤，完全不用撇油。鸡油让汤里的鳗鱼重新生龙活虎。这一对，是真正的"神""鲜"伴侣。

鳗鱼价格也水涨船高。渔业专家告诉我说鳗鱼的产量并不稳定，因为鱼苗不能养殖，只能捕捞。鳗鱼必须在深海交配，洄游到淡水产卵，鱼卵随洋流漂游，长途跋涉中才能变成小鱼苗。现在沿海水电站多了，海水温度也因为全球变暖而升高，鱼苗生长环境越来越差。

现在，我吃每一口鳗鱼都好心虚。千万要守住，这一生一次的爱。

吾依软欲

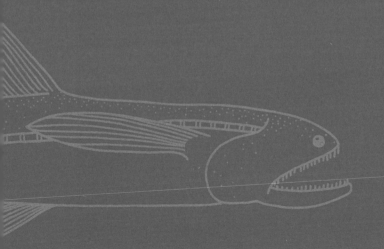

[*Harpodon nehereus*]

龙头鱼

尔本鱼形，罜以龙标，
只因口大，遂得其名。

——《海错图》龙头鱼赞

菜肴名称 Dish name	学名 Fish's scientific name	昵称 Nickname	活动海域 Sea area
葱烤龙头鱼 椒盐龙头鱼	Harpadon nehereus	水潺、九肚鱼 豆腐鱼、龙头鳂、丝丁鱼	太平洋、印度洋近 岸海域及河口处

北 冰 洋

东北大西洋渔场

大

西

23.5° N

0°   西

23.5° S

洋

东南大西洋渔场

北太平洋渔场

大

平   洋

印 度 洋

秘鲁渔场

西北大西洋渔场

大

西

洋

大范围渔场
小范围渔场

时令风味 Seasonal flavor	好吃部位 Tasty part
龙头鱼是夏季海鲜市场上 的常客，农历七月的龙头鱼 数量多、价格低，也新鲜。	全身

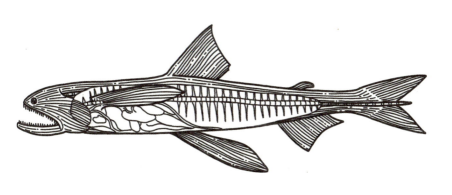

春季产卵. 有短距洄游习性,
每年3、4月, 由外侧海域洄
向岸, 10月以后, 外洄向深水
处过冬。

经过认证,
是短途游泳健好者!

肉质特征（生/熟） *Meat quality characteristics (raw / cooked)*	做法（生/熟） *Cooking method (raw / cooked)*
身体乳白色， 肉质很嫩， 蛋白质含量和 钙含量高， 少刺。	红烧．椒盐． 酥炸．炖豆腐 福建地区有种比较 特别的做法叫 "酱油水"，原汁原味， 非常鲜美。

上海馋欣人沈北平老师的家乡在台州，那里龙头鱼又叫水潺。"我从小就喜欢这个龙头鱼，最喜欢吃烧豆腐。豆腐切片后两边煎到焦，然后将龙头鱼头尾内脏去掉以后切断一起煮熟，放点葱花，然后就很清爽地蘸点米醋下饭，太好吃了！不管做汤还是红烧，这两种做法基本上我们选用的都是中豆腐，不用嫩豆腐，也不用老豆腐。台州因为卤水烟熏的豆腐比较多，我们也爱用这种豆腐来做，跟只是卤水没有烟熏的豆腐比起来，有特别的一种香气。"

红烧龙头鱼很容易出水，所以红烧其实是台州一个比较讲究的烹饪海鲜的做法。看似简单，但暗藏玄机——菜品里不能有汤汁，中途不能加水。台州菜有很多来鱼的做法，龙头鱼毕竟也不是像黄鱼之类比较像样子的鱼，台州井鱼里总会有它套位置给龙头鱼。

另外，龙头鱼也可以晒成干龙头，这在台州还是比较普遍的。一来它不会坏掉，另外炖汤的话放龙头鱼干也会比较香。当然，广式的粤式的龙头鱼做法，我也蛮喜欢吃的。有些切断不去骨，有些切断去骨，之后外面包一层粉，炸酥后外脆里嫩，特别下酒。

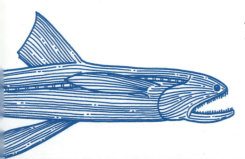

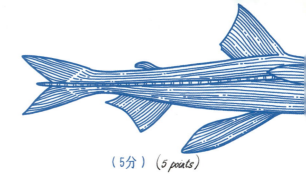

（5分）(5 points)

典型做法评价 Typical cooking practice evaluation	🐟🐟🐟🐟
重量 Weight	🐟🐟
鲜美程度 Degree of delicacy	🐟🐟🐟🐟
鱼刺疏密度 Fishbone density	🐟
纤维硬度 Meat fiber hardness	🐟
湿软程度 Degree of wetness and softness	🐟🐟🐟🐟🐟
软颗粒感 Soft granular sensation	🐟🐟🐟

油菜花痴

[*Eleotris*]

乌塘鳢

漫野甜香黄菜花，三春一品虎头鲨。

冰汤剧片鳗帮肉，饱沃清鲜又几家？

——聂凤乔

菜肴名称 *Dish name*	学名 *Fish's scientific name*	昵称 *Nickname*	活动海域 *Sea area*
红烧塘鳢鱼. 春笋塘鳢片	Eleotris	文鱼	中国东海和南海、印度洋北部沿岸至太平洋中部，美拉尼西亚群岛也有分布

时令风味 *Seasonal flavor*	好吃部位 *Tasty part*
春天油菜抽薹盛开之际，便是吃马塘鳢的最佳时间	鱼身肉.鱼脸颊肉

| 交配方式 |
| Mating mode |

属底层鱼类. 冬季伏于水底. 春季产卵

大概只天嗷得动~~

| 肉质特征（生/熟） |
| Meat quality characteristics (raw / cooked) |

肉质鲜嫩. 味道鲜美. 高蛋白. 低脂肪
肥而不腻. 鲜而不腥

油菜花开时的塘鳢鱼最美味, 当地叫作虎头鲨, 值得细细唱于
杯。以前是不值钱的野生小鱼, 现在都贵了, 不要写成塘鲤鱼,
这个和鲤鱼半毛钱关系也没有。苏州那么近, 我每年总归要多去几趟,
按照时令吃东西是相当大的乐趣。

有一年春末夏初去吃炒三虾, 菜单上一道"糟溜塘片"售价远超三虾,
晓得这些年塘鳢鱼越来越贵, 但没想到已经这么贵, 就问店家
为什么。穿西装马甲的经理说, 塘鳢鱼本身就不便宜, 活杀后
去皮, 片下鱼身两侧的两片活肉, 一盘塘鳢鱼片要用多少条塘鳢
鱼? 要费多少人工?

塘片清爽细嫩, 甜浆和溜炒的手法恰恰用糟香恰到好处, 像
隔壁房间传来的评弹声, 声声入耳却不聒噪, 苏州菜的风雅都在
这道菜里了。

有一年过年时和朋友去苏州，预订了冬令大菜"五件子"，也点了份糟溜塘片来爽口，配合温过的黄酒有滋有味。不过明显能看出，冬天的塘鳢片不够肥厚，比较细碎。如果秋季去吃，建议点糟溜鱼片更合适，价钱也便宜，糟溜的风味还是一样的。

重点还是这道糟溜塘片，油菜花开时塘鳢鱼最肥美，吃到菜花塘鳢鱼相当于在对的时间遇到对的人。各位可以比较下，春天的塘鳢片和初夏、冬季的塘鳢片有什么不同。多吃点，错过当季就是错过一年。

趁塘鳢鱼当季，也可以买回家做，炖蛋或者熬汤都是极好的。

—— 地主陆

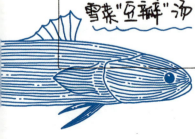

鱼片可做糟溜塘片、菜菜炒塘片，还可取两腮活肉，像"豆瓣"一样，做成雪菜"豆瓣"汤。整条可红烧、炖蛋。

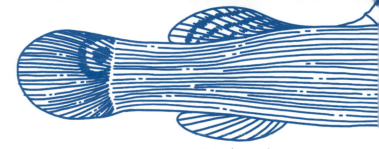

（5分）（5 points）

典型做法评价 *Typical cooking practice evaluation*	🐟🐟🐟🐟🐟
重量 *Weight*	🐟🐟
鲜美程度 *Degree of delicacy*	🐟🐟🐟🐟🐟
鱼刺疏密度 *Fishbone density*	🐟🐟
纤维硬度 *Meat fiber hardness*	🐟🐟🐟🐟
湿软程度 *Degree of wetness and softness*	🐟🐟🐟
软颗粒感 *Soft granular sensation*	🐟🐟🐟

这就是勾引

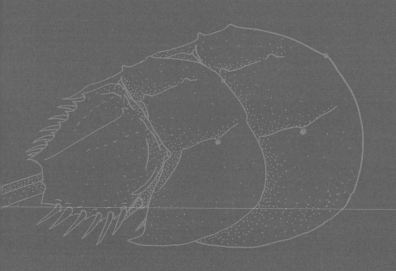

[*Tachypleus tridentatus*]

中华鲎

背刚腹柔，形如缺瓦。

一口当胸，其足二九。

——《海错图》鲎腹赞

菜肴名称 Dish name	学名 Fish's scientific name	昵称 Nickname	活动海域 Sea area
╱	Tachypleus tridentatus	三刺鲎. 鲎公海	中国.印度尼西亚、马来西亚、越南、日本、菲律宾近海.

北冰洋

东北大西洋渔场

北太平洋渔场

西北大西洋渔场

大　西　洋

23.5°N
0°
23.5°S

印度洋

太　平　洋

秘鲁渔场

东南大西洋渔场

大　西　洋

▦ 大范围渔场
⁛ 小范围渔场

时令风味 Seasonal flavor	好吃部位 Tasty part
~~全身都是宝. 肉、壳、尾皆可入药. 有很高药用价值.~~	血液中有铜离子. 显示蓝色. 入药. 但有些品种有毒. 没有螃蟹好吃. 鱼料液起来有嚼咬感. 但微腥. 爆炒肉. 发脆. 但有一点点怪味. 需要用蒜与辣等调料遮盖.

ToT
现在
保护
不能

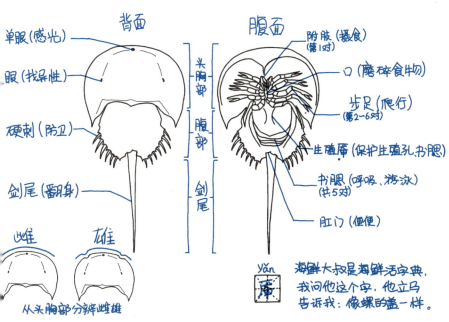

背面

单眼(感光)
眼(找异性)
硬刺(防卫)
剑尾(翻身)

头胸部
腹部
剑尾

腹面

附肢(摄食)(第1对)
口(磨碎食物)
步足(爬行)(第2-6对)
生殖厣(保护生殖孔,书鳃)
书鳃(呼吸、游泳)(共5对)
肛门(便便)

雌　雄

从头胸部分辨雌雄

yǎn
鲎

海鲜大叔是海鲜活字典,我问他这个字,他立马告诉我:像螺的盖一样。

的第二和第四对腹足呈勾状,用来勾住雌鲎。

交配方式
Mating mode

雌雄异体　爱的抱抱　星星眼
雄性以脚从抱住雌性.
雌性以附肢挖产卵坑时,
雄性排精在卵上,行体外受精,产卵后雌雄分开。

张新尼老师说:
"潮州人说,雌的被抓,雄的一定也抓得到。因为雄的一定有情有义在边上盘桓。但雄的被抓,雌的就跑了。夏天时候吃雌的,都是鱼籽,雄的没有肉。雄的与雌的交配,会趴一个夏天,用"钩子"钩住不放,雌的用甜言蜜语诱人浪荡喂食。"

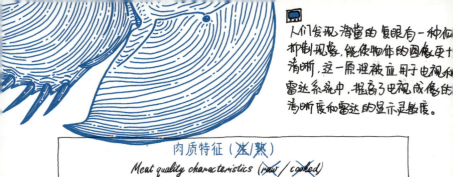

人们发现海鲎的复眼有一种侧抑制现象，能使物体的图像更加清晰，这一原理被应用于电视和雷达系统中，提高了电视成像的清晰度和雷达的显示灵敏度。

| 肉质特征（~~生~~/~~熟~~） |
| Meat quality characteristics (~~raw~~ / ~~cooked~~) |
| ~~肉质鲜美，口味介于虾和蟹之间。~~ |

| 做法（~~生~~/~~熟~~） |
| Cooking method (~~raw~~ / ~~cooked~~) |
| ~~煮或烤（熟）~~ |
| ~~成年鲎无毒可食用。~~ |
| ~~幼鲎有毒不可食用~~ |

现在...
保护...
不能...

(^3^) 对爱情很专一，雌雄海鲎一旦结为"夫妇"便形影不离。肥大的雌鲎背驮着比它瘦小的雄鲎，蹒跚爬行，它们成对地在潮间带浅滩上筑巢做窝。雌海鲎从两个生殖孔中同时排出数以万计的绿豆大小的卵，这时雄海鲎也开始排精，使海鲎卵在体外受精。受精卵在沙地借助于太阳能，日渐发育成熟，四五十天后，小海鲎破卵而出，然后像螃蟹那样，随身体的发育一次次把旧衣脱去。这是一个艰难的生长过程，要经历好几个寒暑，一只拇指大小的幼鲎才能长为一只成年海鲎。

吃了不仅违法，还易中毒……

(5 points)

Typical cooking practice evaluation	⊂⊐⊂⊐⊂⊐⊂⊐⊂⊐
Weight	⊂⊐⊂⊐⊂⊐⊂⊐
Degree of delicacy	⊂⊐⊂⊐⊂⊐⊂⊐
Fishbone density	⊂⊐⊂⊐⊂⊐⊂⊐
Meat fiber hardness	⊂⊐⊂⊐⊂⊐⊂⊐
Degree of wetness and softness	⊂⊐⊂⊐⊂⊐⊂⊐⊂⊐
Soft granular sensation	⊂⊐⊂⊐⊂⊐⊂⊐

是一种古老的生物，

早在3亿多年前的泥盆纪就生活在地球上，

因此中华鲎有"生物活化石"之称，

被列入《世界自然保护联盟（IUCN）2012年濒危物种红色名录》

猛男育儿经

[*Hippocampus*]

海马

马终毛虫，毛以裸继。

裸虫首蠃，蠃马同气。

——《海错图》海马赞

菜肴名称 *Dish name*	学名 *Fish's scientific name*	昵称 *Nickname*	活动海域 *Sea area*
海马干炖汤	Hippocampus	水马、戈鳖子	大西洋、 太平洋

与当归、觉参、淮山等和鸡肉炖汤

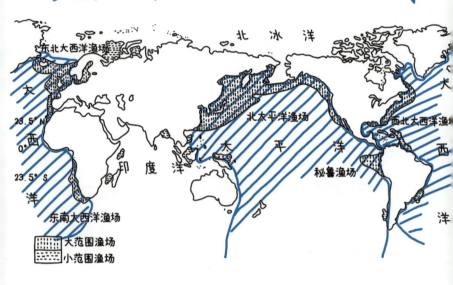

时令风味 *Seasonal flavor*	好吃部位 *Tasty part*
秋冬季节食用海马 温补的效果更好。	全身液体 泡酒

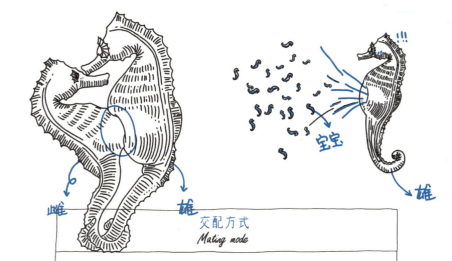

雌

雄

宝宝

雄

雄海马有腹囊（俗称育儿袋），而雌海马没有腹囊。海马不是雌雄同体，只是雄性孵化。海马是地球上唯一一种由雄性生育后代的动物。

交配期间，雌海马把卵子释放到育子囊里，雄性负责给这些卵子受精。雄海马会一直把受精卵放在育子囊里，直到它们发育成形，才把它们释放到海水里。

太美好!!!

画重点!!!

米新民老师说：

"南北朝时间，古人发现海马交配要几周时间，非常持久，于是就把海马当成补肾的药材。"

!!!画重点

肉质特征（生/熟） *Meat quality characteristics (raw / cooked)*

!!!
画重点→ 海马干是名贵中药，具有强身健体、补肾壮
阳、舒筋活络、消炎止痛、镇静安神、
止咳平喘的功效。

做法（生/熟） *Cooking method (raw / cooked)*

配以当归、党参、淮山等中药和鸡肉炖汤
泡酒。

(密) 海马酒：海马干、枸杞子、西洋参、金门高粱.
土龙炖海马：土龙、海马、猪尾、川穹.
枸杞等。

每个讨海人都愿意相信海马的神奇功
效，家里都会存上一些当水的新鲜海
马，自己晾晒，炖汤或泡成酒来款待
亲朋好友。

——厦门海鲜二叔杰

我偷画的他
"ω"

典型做法评价 *Typical cooking practice evaluation*	🐟🐟🐟 ⋈ ⋈
重量 *Weight*	🐟 ⋈ ⋈ ⋈ ⋈
鲜美程度 *Degree of delicacy*	🐟🐟 ⋈ ⋈ ⋈
鱼刺疏密度 *Fishbone density*	🐟 ⋈ ⋈ ⋈ ⋈
纤维硬度 *Meat fiber hardness*	🐟🐟🐟🐟🐟 小心 😁
湿软程度 *Degree of wetness and softness*	🐟 ⋈ ⋈ ⋈ ⋈
软颗粒感 *Soft granular sensation*	⋈ ⋈ ⋈ ⋈ ⋈

筑巢引妻

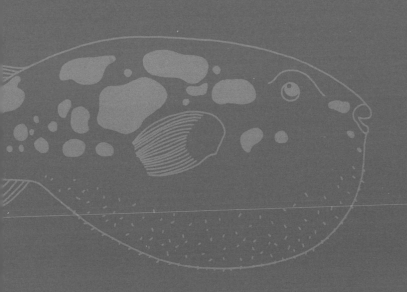

[*Tetraodontidae*]

河豚

鱼以豚名，甘而且青。

一臠可尝，清君染指。

——《海错图》河豚赞

你肯定听过"情花毒"，

一遇人心动就没得治。

其实花没毒，

是爱情有毒。

相比之下，

河豚毒安全得多。

春天一到，风里都是荷尔蒙的温度，溪涧的石头熏得泛了新绿苔，"竹外桃花三两枝"意味着"索多鱼的120天"来了，也意味着鱼籽都得改叫鱼春的时节到了。

不过人类的生活比鱼类的要复杂一些。听说北京、上海、深圳、广州四大一线城市的离婚率都到40%了，那结婚跟一夜情确实也差不了多少，我跟身边受伤的"单身汪"打趣：情花不好找，赶紧去吃顿河豚一了百了。

吃河豚，有种邪恶的美丽。

如果我是雌河豚，一定拜倒在白斑雄河豚的艺术造诣之下——它们是我知道的最懂建筑的海洋生物。以前讨论海底麦田怪圈的时候，我一直以为是外星人的杰作，后来知道雄河豚才是这些海洋中瑰丽"沙画"的奇迹缔造者。它用鱼鳍作画笔，贝壳等作装饰物，作品只有一个目标客人，就是它未来的爱人。河豚必须连续每天24小时工作约一周，才能完成用沙子做的"玫瑰"，等待肚中鱼卵饱胀的雌河豚进入"花蕊"。而据科学家说，越多脊线意味着越有诚意。

雄河豚还喜欢在雌河豚脸上"种草莓"。它们轻轻地撕咬着亲吻自己的爱人，随后雌河豚经不住缠绵，开始产卵，雄河豚随即对这些微小的卵进行受精，之后快速把卵埋起来，送走爱人，默默把孩子孵化出来抚养。

美是短暂而不易得的。每年的冬季到春季，都是人类吃河豚艺术家以及它的女神的好时候。但河豚悄悄在身体里藏了毒咒。"金秋伺螃蟹，暮春候河豚"是贪吃到不怕死之人的共识。

八两以上的河豚鱼才算是成熟。日本河豚里，厨师们最重视虎河豚，但得本州南端的下关市才算好产区，其他能吃的还有真河豚与草河豚。中国河豚主要有三个品种：肉质最好的是"菊黄东方鲀"，其次是"暗纹东方鲀"，再次是海里的"白豚"。"蒌蒿满地芦芽短"说的是菊黄，只产在清明之前到4月之间。陈立老师说，野生河豚里燕尾豚最鲜美。餐厅通常选1公斤左右的河豚，而野生的需要三年才能长到这个重量。每年这时候，我都要特地约人去吃河豚。

日本卖出的海河豚现在九成是养殖的，要养在北纬24°以北，本地产居多，也有从中国、韩国进口的。我国只有在温州、台州、辽宁盘锦海域才出产海河豚。

某年我照例和友人去吃河豚，等了好一会没见主菜上，他以为店里服务员怠慢，火急火燎起来。我赶紧帮店里圆场：河豚要煮得很熟才不至于毒死咱俩，人家是负责。服务员舒一口气。

倒不是只为解围，是实话。

尽管经验丰富的野生厨师们可以避开那些含有剧毒的卵巢、肝脏和肠道，但我仍然坚持，处理河豚的厨师必须通过流程严格且成本昂贵的资格考试、获得执照才行。

这些毒素，哪怕一小滴，也足以致命。日本每年仍有几十个食客，把酒言欢，一豪气就拿吃河豚打赌，自己也呜呼了。1975年就有一个歌舞伎，为了证明自己是不死之身，在京都餐厅吃了四个河豚肝脏而当场毙命。

所以，偷偷告诉你们，中国大部分地方是不准卖河豚的，因为专业厨师比熊猫少。想起自己以前为了吃上好的野生河豚，什么也不管，真是捏一把汗……难怪日本人说吃河豚的是马鹿，不吃河豚的也是马鹿（日语马鹿是傻子的意思）。

但如果，你找人一起去日本吃野生河豚，居然，还挺容易的，因为人家根本不懂河豚多毒。我的朋友徐晖是美食圈公认驻京（东京）办主任，他说在日本吃河豚记得去"臼杵河豚山田屋"西麻布店。"小庭院里的每一棵草都是安排好的……印象最深的是烧烤河豚，舌尖酥麻，微微哆嗦。"性命攸关的游戏，享受过程的时候都会异常紧张。这是大部分人第一次吃野生河豚的感受，包括我，在日本吃河豚是要签署生死状的，类似医院重大手术前的家属签字。

山田屋是米其林三星中唯一主打河豚料理的餐厅。他们
家食单上有一道鳍酒，其实不是酒，是一种特殊的河豚
料理——用烈性的清酒浸泡烤到焦香的河豚鱼鳍，上盘
时迅速点燃酒杯表面挥发出的酒精，感觉还没吃眼神就
滚烫起来。酥化的鱼间隙里流淌着炸开的香气。一口下
去，都是山盟海誓。

这很像潮汕的一道秘制美食酒糟乖鱼（河豚在潮汕被称
为乖鱼）。潮汕话说食到"肚乖乖"，意思是吃得很饱，
连肚子都挺起来了，这倒很符合河豚的形象。河豚用来
酒糟或者做鱼干，估计都是沿海渔民为了"吃久一点"
想出来的，时间历练下的厚与糯是一般鲜鱼都望尘莫
及的。

煮熟的河豚口感介于蛇与牛蛙之间，即使清汤也鲜美。

不过，唐人陈藏器在《本草拾遗》里曰过："入口烂
舌，入腹烂肠，无药可解。"每每吃河豚，都让我耳畔
萦绕起那首"哦哦哦，爱你爱到不怕死，但你若劈腿就
去死一死……"我还苟且活到现在，也是美味对胖子的
怜悯，感到一身贱肉顿时鎏金。

日本有一种叫"Omakase"（厨师发办）的店，日语其实就是"拜托了"的意思，食客给出预算，然后让主厨根据时令食材去掌舵整顿餐，如果厨师发办时加上河豚，那就是虐恋界至高的信任——上好肉身一副，两手餐桌上一摊，厨神你随便上！其实中国很多沿江城市的饭店早就玩这个了，不过厨师主推养殖河豚的多，像江苏、浙江等做鱼鲜的小饭馆，基本都能吃到。

小饭馆也不是常能碰到毋宁死的四方美食家，厨师拿了好货色，亲朋光顾居多。因技法已娴熟，关系也两小无猜，扯证也就失去意义了。反正万一吃死了，一张证也不能当还魂草用。但你要是这样想就错了！

切记，烹饪野生河豚必须有执照，这也是为了保护厨师安全。日本东京最难考的证就是河豚厨师证。（一个小知识：春帆楼于1888年成为现代日本第一间合法提供河豚料理的餐厅。）

初春时野生河豚的毒素最强，而且最鲜的地方往往最致命。恰逢产卵季，肠子、眼睛、肾脏、鱼鳃、鱼皮等都有毒，但性腺、肝脏（其实还有鱼油和鱼血）毒素更强——卵巢则是自杀圣物，基本一吃必去西天。

其实河豚天生并没有毒性，毒素是共生弧菌产生的。每年春天河豚产子洄游时沾染，养殖的没有洄游这个浪荡步骤，就毒物尽失。包科峰师傅说，国内市面上合法流通的河豚，基本无毒。

早吃河豚还有一个原因，就是河豚皮——河豚皮上是有倒刺的，但早春皮刺反卷入喉是顺口柔美如浮乳的（婆婆我现在还对包科峰师傅的手艺记忆犹新）。河豚肉因为脂肪含量少，所以极易变柴，鱼肉要嫩，汤汁还要同时出鲜，火候和烹饪时间都是学问。

苏南人喜欢白烧，有清澈的汤。河豚身上除白子外，最软糯的就是鱼皮，漂在汤里剔透好看。虽有毛刺，却可以向内翻卷着吞下肚去，脂膏香胜过甲鱼的裙边。而看似丑陋的红烧河豚，满身带刺的鱼皮则是养胃的佳肴，将整张的鱼皮反卷一口吞下，肥厚的胶汁粘糯住双唇。鱼肉紧实，就着汤汁拌一碗米饭，我是不忍停筷的。包科峰老师提醒说，吃河豚皮的时候不要嚼，含在嘴里细品后直接吞就行。

河豚基因与人体基因较相似，所含的胶原蛋白（肌肉和皮内的蛋白质）结构是最接近人体的一种。春天的菊黄东方鲀，恰好是皮上胶质较厚的型，我也不知道能不能起到"拉皮"作用，反正吃完感觉脸皮厚了一些。

大阪黑门市场里河豚鱼皮与鱼冻的凉拌菜，入口爽脆，生鱼皮切丝与醋拌在一起，比海蜇与蛇皮的口感更弹。鱼冻的做法是将河豚皮与菌菇一起炖煮后，放入冰箱48小时自然凝固成入口即化的"水晶"。几年前婆婆我在日本那霸国际通附近找到家玄品冲绳料理，是吃河豚火锅的专门店，定制的"河豚八吃"食单里就有水晶鱼皮。

除去鱼刺的河豚鱼皮蘸柚子辣酱、葱末和鲜甜酱油，薄脆的鲜味之外还多了果香。

柚子酱潮汕人也吃，是甜酸口的，因为祖祖辈辈生活在海边的缘故，潮汕人对河豚的性情更懂，他们主要选在夏秋河豚无毒或少毒的季节吃，煮时连肝、眼等部位都没有去掉，到了"打春"多毒的季节也就不吃了。

清脆的鱼皮也可随豆腐煮一锅汤。

回到特殊的地方——白子是什么呢？其实是雄性河豚的精囊。但你最好不要在饭店里"精囊精囊"地喊。中国人管雄河豚蚕豆状的精囊叫"河鱼肋"，日本人称其为"白子"（所有鱼的精囊都叫这名）。鳕鱼精囊也叫这名，尺寸大一些，筋膜也厚一些，经常用来代替河豚白子，但口感不及。

河豚产卵期的1月至3月是白子最美味的时刻，也使它成为最昂贵的料理之一。烧烤、油炸、和豆腐一起烹调都是上品料理的吃法。白子细滑如绢，比豆花丰满，比鹅肝轻盈，是一枚任谁都舍不得冷却再食的流动盛宴。都说心急吃不了热豆腐，这时候的白子更贴切，烫得简直唇齿都有些无措。

河豚白子，还有个名字叫"西施乳"，一听就比法国"少女的酥胸"（马卡龙）要有料多了。你想啊，少女哪有胸。南通民间流传着这样的传说：吴王夫差大胜越国之后，越王勾践奉上美女西施，一天，夫差把西施抱在怀里，正逢品尝一条河豚，其洁白如乳、丰腴鲜美、入口即化，不知该怎么形容，随口说道："爱姬玉乳可比之！"从此，"西施乳"就在民间传开了。而到了宋代，苏轼暂住常州时，一士大夫请苏东坡品尝河豚，但见苏轼埋头大吃，就是不吭声，这家人相顾觉得美食家也不过如此，这时已打饱嗝、停止下箸的苏轼，忽又下箸，口中说道："也值得一死！"

一定要选个死法的话，我希望满口精子，最好是河豚的——大概没人没吃过性器官吧，蟹膏和海胆也是同类。

我在食物界的爱好也是男。中国人认为雄河豚精巢很毒，其实是错的，雄河豚精巢是器官里最不毒的，雌河豚的卵巢才毒呢！

现在日本几乎只认野生虎河豚，也就是红鳍东方豚，是日本可售的17种河豚中公认最美味的。七年前1千克的进货价就要8000日元。真正日本下关产的虎河豚有着你无法想象的迷人风味，尤其当它被切成透明的薄片，环状地排列在盘中，伴葱与芥辣入口时。

吃野生虎河豚最好选冬季末尾和初春，为了生宝宝，雄河豚此时有最佳状态。

婆婆我喜欢的盐烤虎河豚白子，最好做得半熟，将一小瓣青柠顺着焦香的开口挤入，甚至能看见白子里的亿万小虫因为酸汁的渗入而惊叫着逃散。

"皮刺"，就是河豚刺身，分两种，有薄有厚，但各有分寸——过薄则口感不够，过厚就韧性太强。不同于红肉鱼生，筋道弹牙之余鲜得利落，落在嘴里，天然的甜、软、嫩。河豚料理，就是以酸味为中味，甜味为后味，力求完美体现河豚肉的鲜美。但河豚不仅皮很有嚼劲，肉生吃也是很富有弹性的，切得不合适的话，想要一口咬断很难。刺身的话，婆婆我觉得山田屋河豚刺身的吃法更高级，需要把韭菜和鮟鱇鱼肝放到河豚肉上，再将河豚卷起，蘸着醋吃。刚好利用河豚薄切生鱼片本身清透如蝉翼，而且有韧性的特性。这吃法的风骚劲，倒有几分像越南春卷。

上好的野生河豚刺身会带着特有的粉红色哦！如果是用野生河豚的鱼苗人工蓄养长大的河豚，刺身则会呈象牙色，而我们常见的人工养殖的河豚，刺身会偏灰色——河豚生活越野，肤色越幼嫩。

河豚的装盘方法也很有讲究，主要分为"鹤盛り（鹤拼盘）""菊盛り（菊拼盘）""孔雀盛り（孔雀拼盘）""牡丹盛り（牡丹拼盘）"四种，每一种都赏心悦目。我见过日本师傅做菊拼盘，切到薄如美人甲，晶莹莹地弹。这种刀功，不仅需要娴熟的技巧，还需要合宜的等待——大部分鱼在僵化反应刚缓和时达到最佳鲜美度，但河豚肉天生紧致，可以承受更长时间的"熟成"。刚刚杀死就摆盘等于强拧瓜，鱼肉会回缩，而不会轻易舒展悦目的姿态。

要临幸河豚的灵魂深处，一定要细致对待，其实就像处理一个男人婆，皮上是男人，皮下女儿身，更要精细。我记得中国江阴名豪会所有一道"红烧河豚三宝"：皮、肝、肋（就是河豚鱼皮、鱼肝、精囊）三毒齐聚。鱼油和鱼肝是剧毒的，也是最鲜美的精华。将鱼肝剪成1.5厘米的厚片，浸入以二比一的比例调制的猪油和豆油中，佐以生姜、葱、黄酒低油温熬制半个小时，起香去毒，然后把河豚身舀入其中一起文火慢炖，看准火候加入鱼肋和鱼皮，成品口感纯粹丰美。无论拌白饭还是拌冷面，都觉得此生无憾了。江苏靖江人食用时往往把河豚肝煎半熟，加一点盐，无需咀嚼、一抿即化。

河豚鱼肝有着美丽的浅樱色，口感细腻柔软，不会像鹅肝或鮟鱇鱼肝那样入口即化，有点像鱼冻。如果持筷不够稳的，建议用勺子，否则滑到桌上会心疼半天，只能安慰自己"哎呀天不绝我，又少了一次毒死的机会"。

如果非得小心翼翼的话，有人觉得不过瘾，不如不吃。

传统日本料理里"河豚八吃"除了介绍过的鱼皮、白子，还有炸河豚、烤河豚，河豚刺身、河豚寿司、河豚火锅、河豚泡饭。炸河豚是把无毒的鱼嘴、头部和鱼鳃外侧、脊骨和无法制成生鱼片的部分裹面粉酥炸，叫作唐扬。鱼鳍与鱼尾通常不参与这个过程，而是晒干烧烤，再浸到热清酒里食用，叫作鳍酒。吃河豚有必要喝鳍酒壮胆，然后大口吃肉喝汤，最好有河豚火锅泡饭！

微微腌制的河豚肉在烤架上滋滋冒着热气，眼看外皮微缩，我迫不及待用辣柚子酱提鲜，"再不吃要老了，管它毒不毒！"

此时，女侍应将一两片河豚背鳍用炭火烤焦，泡在滚烫的清酒内，盛入耐热的杯中，上桌时，特地就着烧酒点燃背鳍，再加入少许盐巴，盖上酒杯盖，片刻后，酒渐变成琥珀色，皮肉的焦香配烧酒，确实有点性感难驯。

"一口闷"品尝完带着日料师傅手温的寿司后，呈上河豚纸火锅，暖心的服务生在汤底投入两颗硕大的胶原鱼冻，雪白鱼肉随着嫩菜透香。我已经不小心吃到饱了。眼看晶莹米饭、蛋、蔬菜在云雾里下锅，就着腌萝卜和脆白菜，我又不知不觉吃掉两个小半碗河豚泡饭——米芯里凝聚所有河豚火锅汤底的精华。

一般鱼类死亡4到5小时是最新鲜的，之后肉质会僵硬，影响口感。而河豚不一样，它本来肉质紧实，死后 24到 36小时肉质才会软化下来，这个时候食用是最好的，也是口感最滑嫩的。

日本江户的俳句里甚至把吃河豚比作偷人妻子，危险又令人欲罢不能。值得承认的是，河豚的确是餐桌上的性感宝贝，引人犯罪。

四月河豚最毒，也最美。我估计美食家们还没来得及写遗嘱，已纷纷等不及投入"人妻"怀抱了。

春也尤物

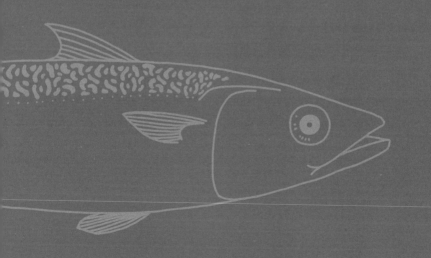

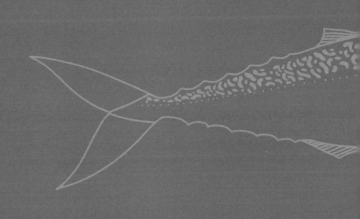

[*Scombermorus niphonius*]

马鲛鱼

鱼交社生，夏入苦罢。

鲜食未佳，差可为脯。

——《海错图》马鲛赞

这神鱼，
春宵不重要，
值千金的也不是重要部位。

跨界艺术家眉毛老师告诉我，他其实是不喜欢吃马鲛鱼的——除了一个时节，每年清明前后。"鲳鱼鼻，马鲛尾"是老饕们的"隐藏菜单"，知道这么吃的小孩子一旦被绑架，父母只能祈求绑匪不懂行，否则要狠狠多加几个零才肯放票。

清代诗人孙事伦曾说"水有社交鱼"，说的就是马鲛鱼，也有的地方叫它鲅鱼、燕鱼、板鲅、马鲛、青箭。

我觉得这样的称呼不无道理。马鲛鱼春天洄游，因为荷尔蒙的刺激，背上泛蓝光，像舞会时为了遇见心上人的特别装扮。这时候的马鲛鱼有个艺名，叫"川乌"。但交配后马鲛鱼的身体又会回到原来的黑灰色。

川乌只需要简单的"家烧"，略施姜蒜增加香气。眉毛老师喜欢再放一点点芹菜，一点点酱油提味，那是让人忘乎所以的味道。他说，这种鱼需要用味道稍重的辅料，这样不管是香气还是味道都会瞬间在鱼肉里炸开。要咸度，菜蒲头、咸菜之类是首选，如果是温州人煮，就会焖香了然后收汁。

"芳腴"这个词，是我听到过的最恰如其分的"川乌"赞语。

清代宁波籍文学家全祖望在《四明土物杂咏之杨花社交（马鲛）》中这样描绘马鲛鱼："春事刚临社日，杨花飞送鲛鱼。但莫过时而食，宁轩未解芳腴。"之后还忍不住嘱咐吃货，吃"清品"就要农历三月，过了则"其味大劣"！

平时每公斤几十元的马鲛鱼，清明时节的零售价格有时会高达每公斤数百元，历史上最贵的时候甚至曾经超过千元。

"清明前后，带卵马鲛鱼洄游到象山港南韭山海域交配产子，之后游归大海，因渔期短便更显珍贵。恋爱前的马鲛鱼，肉质最鲜嫩肥美。"眉毛老师说。

马鲛鱼从小吃到大的正宗宁波人"姥爷"（江南渔歌的老板阿蔡）也对川乌念念不忘："必须是清明前后洄游至象山，在咸淡水交汇处捕捞的蓝点马鲛鱼，当地人才叫川乌。最近我几乎年年在这个时候想办法吃上一回。"

清明那天的凌晨，"姥爷"会早早出发前往渔码头，作为一位讲究的餐馆当家和食客，拿到清明当天的川乌，对他来说充满了仪式感。

"姥爷"老家象山，他说渔民一直都知道这个秘密，但早些年根本不会把它当回事，据说当年黄鱼还拿来当农肥呢。最近几年，稀罕川乌的人越来越多。"姥爷"好客，回来前总在朋友圈吆喝一遍，带着十多条尺寸还能入眼的鲜鱼赶回杭州。几乎每次，他都要叫上挚友中的美食家眉毛老师。

"蓝点马鲛鱼平放，鱼头和鱼尾会往上翘起，而普通马鲛鱼没有这个特点。""姥爷"知道一条上好的川乌放在桌上，好吃不言自明。

没有冰过的川乌颜色不一般——鱼眼亮，鱼鳃红，有光泽的深花青身子，背部成片的蓝色斑点也特别闪。将鱼切开后，会发现肉身微红。

经过象山港淡水洗涤的马鲛鱼，肉质会发生神奇的变化，但其他海域的咸淡水交界处就没有这种效果。出了这片港区，鱼身肉质泛白，那一抹红消失了，鲜嫩程度也相差甚远。

大自然的奇妙无处不在。

经"姥爷"温情脉脉一介绍，老饕们齐声叫桌"果然如此"！

其实川乌最早应该作"鱎鰝"，渔民叫着叫着就"简化"了。当地老人说关于"鱎鰝"还流传着一个说法：宁海湾有个鱎鰝洞，直通猫头洋。鱎鰝在这个洞里产子，到猫头洋长成后，再经象山港洄游到宁海湾。因此都说宁海湾的鱎鰝生长特别，来之不易。"错过了，就得再等上一年！"

有年"姥爷"决定一鱼两吃：将头尾取下放咸齑（jī）（雪菜）煮汤，而中段先行暴腌半小时，再加入雪菜水清蒸。

这样处理后，清蒸的川乌颜值与味道一流：从鱼肚开始颜色渐渐变深，在鱼肚处用筷子轻轻一切，拿起放入嘴中，香醇糯软，不用齿咬便化了。吃完鱼肚部分，将靠近背部的肉粉碎，和了咸齑汤一起送入口中，则是另一种过瘾的感觉。

煮汤的川乌，除了咸齑，搭配的还有应季的笋丝。宁波老话说得好，"三日不吃咸齑汤，脚娘肚（小腿）就酸汪汪（无力）"。

取一小碗，盛入咸齑、笋丝和鱼肉，再加满汤，和着吃，最后将汤饮尽。咸齑的酸香、笋丝的甜脆加上川乌的鲜滑，那叫一个"透骨"。

柏建斌老师是杭州餐饮圈风云人物，人称"柏师"。他也是川乌的"铁丝"，曾说："清明前后的春风吹来，那夹杂的丝丝海味会瞬间引来口水。该吃川乌啦！这样说自然有些故弄玄虚，这种叫法一般也只有会点普通话的象山人听得懂。"

其实20世纪90年代杭州周边的美食业就很发达，柏师说那个时候第一是原材料好，第二老师傅们都在，第三大家为吃顿饭也舍得花钱。清明节前后几千一桌饭菜也很正常。

"90年代竟然也出现了一天只做一桌的餐厅。我印象中，宁波镇海有家叫三美的餐厅，专门做一桌海鲜。我大约前前后后预订了大半年，要不自己没空，要不朋友没空。但对那天吃的东西印象还是很深的，全是海鲜极品，包括比较大的梅童鱼啊，格香螺啊，现在很多都不能吃了。这样一桌要5000多元。我就是那时候听到大的野生黄鱼和马鲛鱼的说法的。"

"象山是马鲛鱼最好的产地。那里的马鲛鱼其实应该叫鰆鯃，也叫鯃。当地人认为它和马鲛鱼是不一样的。但是说到最好吃的马鲛鱼，清明时应该只有象山的才是正宗的。我们去镇海吃的时候季节不对，马鲛鱼就非常'普通'了——也就是非常差了。"

为了吃上鲯鳎，柏师并没有死心，知道马鲛鱼的秉性后，过后一年的清明节，他就约了朋友开车过去吃。

"对那条鱼的印象就是奇香，不柴，跟平时的味道区别很大。清蒸能感受得到。那时好像高速公路只有一段是通的，我们开了很长时间小山路，但感觉很值得。"

不过柏师的滋味记忆里，到目前为止印象最深的还是宁波人请客的川乌咸齑半汤菜，土法制作的雪里蕻菜为上。我心里暗暗想，看来是臭脚丫子味搭配已经成经典了。

请客吃饭，如果请的是"川乌"，付账之外还要承担另一笔隐形费用——"教育成本"。川乌的高价，不少宁波当地人都闻所未闻。

柏师曾风尘仆仆带了川乌——还特意掺了条野生黄鱼——宴请朋友。其中有位朋友当年曾在舟山当兵，现在公安队伍，听说美食家请吃饭很期待，过来一看竟然是马鲛鱼，失望到想走，说这鱼在他们当兵时就是炊事班在大棚里用来烧咸菜的，是最差的鱼。

柏师拉住他说马鲛鱼在清明时才珍贵，高的要将近2000块钱一斤。等菜上来之后，那位朋友才服气是真的不同。那条野生黄鱼倒是最后才吃干净的。

七八年后的一天，柏师再次会友，提到说这种马鲛鱼清明前特别贵，要上千块钱一斤。一位一起喝茶的宁波籍友人打死不相信，一通电话打到船老大那里，才证实确有此事。

出海前都要拜拜的船老大们因信称义，川乌倒好，因性称异。

这件事肯定有人反对。三月不三月，西方人好像并不讲究，马鲛鱼是否嫩出水他们也不关心，嚼感才重要。

这道菜最初的西餐印象，是海明威给我的。他见过马鲛鱼交配，经历过渔村生活。我一直心心念念着，可惜没法身临其境体验。

有次，我与裸心谷基卡波尼餐厅的主厨聊起，他说可以用分子料理的方法改善肉质。在他准备的酒和多道Tapas

（西班牙风味小吃）中间，我选了一枚三文鱼马卡龙垫肚。南非开普马来区的彩色房子里住着马来人的移民后裔，他们擅长果味浓郁的酸美菜肴，腌制的肉和鱼都让人流连忘返。

晚餐菜单中一枚新鲜蕨叶吐露着山间诚意。地道南非美食除了受到欧洲殖民者的熏陶，还受到来自马来西亚、印度尼西亚和非洲土著部落住民的多层次糅合。不过我等得有些焦急，因为无意中瞄到晚宴菜单里有一道马鲛鱼。

前菜餐包里的牛油搭配的是瑞典百年品牌福克天然晶片海盐。终于来了！来自南非开普马来区的马鲛鱼，上面是一颗新鲜的鹌鹑蛋黄，里面的胡葵酸奶油有酸美的奶香调味，胡葵有凉血的作用。奶香把马鲛鱼拥住，肉里鲜汁还是照例往外流。灰色的炸物其实是马鲛鱼皮，衬底是薄片有机萝卜，他自己种的，脆甜脆甜。

除了开普敦，青岛也是马鲛鱼粉丝（他们叫鲅鱼），民间会有"山有鹧鸪獐，海里马鲛鲳"的赞誉。大连人的马鲛鱼心得也已经够去西天取经了，比如马鲛鱼丸子、马鲛鱼烩饼子、红烧马鲛鱼等。我吃过鲅鱼饺子，必须是新鲜包的，一速冻，就像整过容的女人，各种破绽。

它让我想起叶芝那首《当你老了》："爱你青春欢畅的时辰……爱你衰老了的脸上痛苦的皱纹……"这太让人嫉妒。

兒事必宮

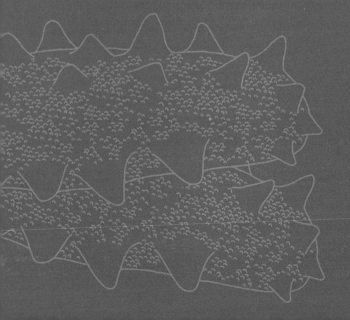

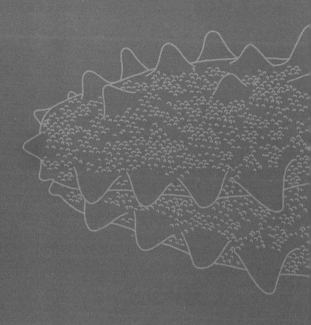

[*Holothuria*]

海参

龙宫有方，久传海上。

食补壮药，参分两样。

——《海错图》海参赞

菜肴名称 Dish name	学名 Fish's scientific name	昵称 Nickname	活动海域 Sea area
葱烧海参. 小米炖海参	Holothuria	刺参 海黄瓜	印度洋,西太平洋, 中国勃海、东海、南海

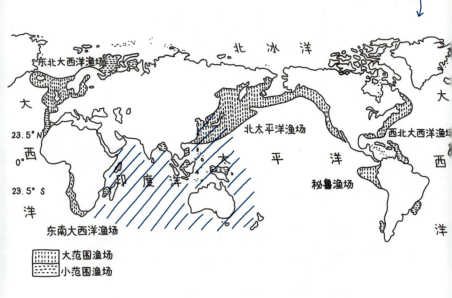

大范围渔场
小范围渔场

时令风味 Seasonal flavor	好吃部位 Tasty part
一年四季都可以吃海参。 春季吃海参有助于预 防感冒.夏季可补充体力. 秋冬季节适宜进补.	内壁 海参脚 海参花(肠、卵)

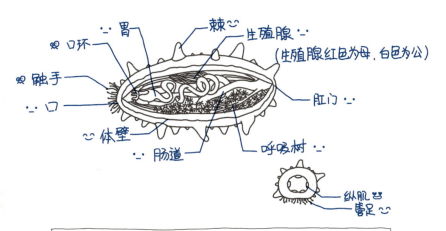

😋非常好吃　😊好吃　😐能吃　😣不宜吃　😖不能吃

胃　棘😊　生殖腺😐
（生殖腺红色为母，白色为公）
😖口环
😖触手
😐口
肛门😐
😊体壁
肠道　呼吸树😐
纵肌😋
管足😊

交配方式
Mating mode

海参具有奇特的生殖器官——"一次性阴茎"，交配之后阴茎就脱落！！之后阴茎再生达到原有尺寸，保持正常的交配。

好羞……

肉质特征（生/熟）
Meat quality characteristics (raw / cooked)

海参肉质肥厚软嫩、营养丰富、高蛋白、低脂肪。

做法（生/熟） Cooking method (raw / cooked)
干海参泡发后，可煮粥、炖汤、烩海鲜羹。

汪曾祺的《宋朝人的吃喝》记载：遍检《东京梦华录》
《都城纪胜》《西湖老人繁胜录》《梦梁录》《武林旧
事》，都没有发现宋朝贵族吃海参、鱼翅、燕窝的记
载。吃这种滋补性的高蛋白的海味，大概从明朝才
开始。这大概和明朝皇室祖籍有关系。

美食家董克平老师说："我不太喜欢鲍鱼鱼翅，
董氏烧海参倒是最好的。"

淮扬菜大师侯新庆师傅的招牌鱼头佛跳墙，是
淮扬菜三头之一，他运用一些粤菜的手法，在这道菜里
加了海参、鲍鱼，并用鲁菜的葱烧手法去烧海参
和鲍鱼，鱼头则按照淮扬菜的红烧手法来烧，
结合到一起，做成这道名菜。

（5分）（5 points）

典型做法评价 Typical cooking practice evaluation	🐟🐟🐟 ◁ ◁
重量 Weight	🐟🐟 ◁ ◁ ◁
鲜美程度 Degree of delicacy	🐟🐟🐟 ◁ ◁
鱼刺疏密度 Fishbone density	◁ ◁ ◁ ◁ ◁
纤维硬度 Meat fiber hardness	🐟 ◁ ◁ ◁ ◁
湿软程度 Degree of wetness and softness	🐟🐟🐟🐟🐟
软颗粒感 Soft granular sensation	🐟🐟🐟🐟🐟

追啊追啊我的骄傲放纵

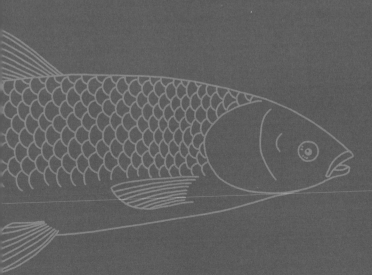

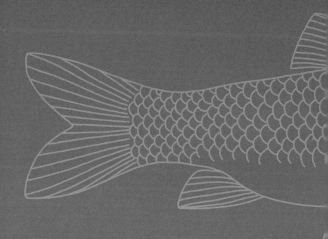

[*Ctenopharyngodon idellus*]

草鱼

环一抹荒城，草色今如许。芳华旧地。

曾一上飞云，歌台酒馆，落日乱樵度。

吟情苦。滴尽英雄老泪。凄酸非是儿女。

西湖似说西湖否。只怕不如西子。

——宋·汪梦斗《摸鱼儿·忆旧时》

我们这代江浙人小时候的餐桌上，
清蒸的草鱼一定意兴阑珊，
葱烧翻身就变一道硬菜。
如果是鱼圆，
或是西湖醋鱼，
那就另当别论。

草鱼，是一直被嫌弃的存在，嫌弃到最好不要让人看见
整条的样子，用浓酱汁蒙住，或是变了一个样子才好。

如果没有记忆的味觉相亲，杭州传统上用草鱼做西湖醋
鱼从古至今都是"距离美"。不过，无论是烹者还是尝
者，用糖醋遮盖草鱼的土腥，都是心照不宣的事。

对草鱼的真爱，得从我外婆家门口的菜场开始讲起。

小时候父母太忙，到寒暑假，我就被"发配"外婆家，
听起来就幸福的"童工"生活开始了。早上被外公的
"美国之音"广播吵醒，我知道，要赶紧起床陪着买菜
去了——我的任务是做外公的小算盘。记得听到莱温斯

基和克林顿"实践友谊"的时候，我还在读小学。一大清早我们家还因此召开了短暂的家庭晨会，最终结论是晚上吃花鲢炖豆腐。这样说起来有些跑题，但其实草鱼根本没人当鱼，吃鱼而不见鱼。除非有人提醒"鱼圆"，原料"草鱼"才像大佬背后的女人一样，有个微笑的机会。

对百无聊赖的祖孙三人来说，吃饭真的是一件很重要的事。记得在腥鲜的鱼丸和猪杂的气息里，我揪着外公的菜篮子穿过一个个笑靥如花的菜场摊主，不管他们卖的是头茬的雪里蕻还是三个月的小公鸡……几乎人人都认识我们。如果买菜那天的莴苣归我拿，远远望去就像矮矮的我抱了盆高过头的植物。外公小时候被曾外祖父安排离开杭州避难，去上海法租界教会学校读书，于是到老都喜欢梳个上海老克勒式的背头。我小时候又是一头齐刘海学生发，而菜场的圆高拱棚子则像是剧场的背景灯照着深邃的菜场，我们俩手拉手在此前，背影俨然《这个杀手不太冷》本塘组合剧照。

我们对吃的东西严肃到，"如果没有鱼圆，这个年就不算过"。所以，我这个"小杀手"在大年三十的早上都要去等活杀的"鱼圆"，因为经典杭三鲜这道年菜里蛋饺、杭白菜、龙口粉丝都易得，唯独鱼圆没法自己家做。说玄了，那是我人生里第一次接触的分子料理。

清汤鱼圆是杭帮菜里的清雅菜式。代表团团圆圆、年年有余的"鱼圆"形似白玉，颗颗鲜润，逢年过节家家户户必备。不过，由于鱼圆做起来很费手工，十年前杭州城里就没有几户人家会再费这些周折了。

菜场角落里，瘦瘦小小的我，像坚定的锡兵似的巴巴等着队伍最前面"欻欻欻"的老奶奶。草鱼去骨后，刀在鱼肉上舔来舔去，奶奶的手是那么轻，又那么利落。发白光的鱼肉转眼在碗里堆成小雪山，并在碗里随着逆时针搅拌的手势，渐渐上浆，无数的空气泡泡随着调味溜进鱼圆。然后一个个兵乓球一样的丸子从虎口处滑落，跌进清水里。这对小小的我来说，是出神入化的。

杭州人心里，鱼圆和鱼丸不同，没有鲮鱼丸紧，也完全不必像鲨鱼丸去夹心，可必须圆润光滑——当然，如果像温州人那样做成长条的是会被质疑该念"饼"还是"块"的。

关于鱼圆的调味和选料，菜场"地头蛇"们每家都有心经。

杭州中山南路的"文记鱼圆"，墨色的铭牌已静静悬挂了快二十年，他家的鱼圆分草鱼和包头鱼两种。店老板冯文，生于"文化大革命"中期，小名"小文"。这开在临街的小店铺，路过的时候，旁边还有居民在井里打水，让人好感度"蹭蹭蹭"直涨。

一般家里做鱼圆，会直接往鱼肉蓉里加盐，而冯先生在此之前，会用生姜和葱白段榨成的汁水进行调和之后再放盐。全部处理好的鱼肉倒在小盆内，加一点精盐（一斤鱼肉可以放25克盐）、味精，再用手顺一个方向用力搅拌。因为是纯手工做的，又全是鱼肉，口感有些像豆腐。店家也说新生代无法接受旧时的草鱼，因此会选包头鱼圆。包头鱼圆三块一颗，草鱼圆两块一颗，加点香菜味道更好。

很多人都觉得包头鱼圆那种入口后滑到喉头的分寸感极好，如果用清鲜活鱼早上现打，自然鲜。也有人说高级一点的其实是用鲢鱼，要细嫩些。不过，老底子杭州人自己吃会选草鱼，因为草鱼的鱼圆里多了一味旷野里的清风，是不一样的。

当然，草鱼的"清风"于北方和新杭州人来说有可能是龙卷风。

从小到大，我爱的鱼圆也在慢慢变化。花房餐厅老板响马告诉我：现在饭店的鱼圆会做成鸡蛋那么大；以前的草鱼有泥土味和水草味，现在的草鱼冷水里养过后，肉更紧，也更干净。取草鱼背上两块肉，钉在木板上刮成鱼蓉，加了生姜、酒、盐后在盆子里手打——这个步骤是为了有水灵灵的弹。丸子泥自掌心里从虎口挤出，冷水最后激一下，就比较容易成型。

深究起来，西湖醋鱼的选料已经成为新一代杭帮名馆子的要害。清代文人赞西湖醋鱼时说"味酸最爱银刀鲙，河鲤河鲂总不如"，听起来已经很有见地，但那是因为没吃过西湖国宾馆董晔辉师傅用开化清水草鱼做的西湖醋鱼。

在董师傅看来，开化是钱江源的源头，山涧多，养在冰凉山泉活水里的草鱼又多好动，肉质就比普通草鱼耐吃。另外，董师傅取的草鱼多在两斤二三两，也不喂饲料，只让它们吃草。因选鱼特别，开化清水鱼做的西湖醋鱼就弹滑曼妙，草腥无影无踪。

每年回暖的春季，草鱼开始谈恋爱，那是曲水流觞式的。雄鱼追着骄傲放纵的雌鱼，它们跟着流水嬉戏、结合、产子。水是媒人和女娲的产道。那些水草的味道，让我想起悠游的它们，也许它们从来就没想到需要被喜欢，才能算过好这一生。但谁也说不清这缘分，怎么就难舍难分。

为了你，我愿意……

[*Ostrea gigas thunberg*]

牡蛎

蛎之大者，其名为牡。

左顾为雄，未知是否。

——《海错图》牡蛎赞

一百个男人有一百种虚弱的标志，
于是就有了一百种吃生蚝的办法。
最近知道原来牡蛎有"判断潮汐"的特异功能，
那男人吃了会不会也有这种功能……

我打赌，现在问"你会吃生蚝吗？"猛男们搞不好会瞬间口吃。这时我忍不住在心里救场："除了吃喝没品味外，你看起来好棒，自信一点好么……"

生蚝，又称为蚝、牡蛎及蚵仔。我们日常见到的国内大牡蛎分类有很多：湛江牡蛎、山东乳山牡蛎、岩牡蛎……搞得我一团浆糊。这时可以参考清初屈大均《广东新语》的命名逻辑："（蚝）大者亦曰牡蛎。蛎无牡牝，以其大,故名曰牡也。"

我曾疑惑海蛎跟生蚝的区别，是不是长相味道一致，只是大小有别，毕竟这刚好符合"中国人心目中有补肾效果的食物，都是以大小长短论成效"的先例。后来认识了蚝界泰斗"蚝爷"陈汉宗，才知道那些小海蛎，其实叫珍珠蚝，在潮汕、广州沿海一带都有，永远也长不大了。

常见的食用牡蛎按形状分法更具体：巨蛎属（Crassostrea）和牡蛎属（Ostrea）。巨蛎属有伸长的杯状外壳，牡蛎属是平圆状的外壳。如果仅考虑口味，全世界的生蚝又分为铜蚝和石蚝两种。比如：法国贝隆生蚝就是铜蚝，扁扁的，产自咸淡水交汇的法国贝隆河口，金属气息明显。我其实觉得怎么分都不足挂齿，牡蛎雌雄同体的特异功能才更令人咋舌。

据蚝爷描述，一般一堆生蚝里，雌性会多一些，如果把雄性全部拿走，就会有部分雌性自动变性成雄性。我甚至想举个极端的例子：假如只有一个生蚝，她或者他也应该具有先体外产卵变性之后再授精的能力。卵，攀附硬物即可以生长，不管是瓦片、礁石还是船舶，就又"一生二，二生三，三生万物"起来。

这就是大自然的神奇之处。

吃蚝文化

生蚝有生吃和熟吃两种，广东本地"喜熟"居多，讲究熟而多汁不缩水，以炭烧、烙饼、清蒸和煮汤为主要做法。我仔细研究后，觉得有道理，因为本地蚝确实不适合生吃。

蚝情万丈的吃家很多，蚝爷偏爱溏心蚝干，那是他偶然发现蚝陈化后才有的特别质感，半流质内心香醇无比。台湾老饕除了蚵仔煎（小生蚝）还要蚵仔面线。日本深夜食堂老客则超爱烤生蚝（日本人称生蚝为 "牡蛎kaki"），而且以入门级的熊本生蚝为主。我曾吃到过一款佐法国粉红胡椒盐烤的熊本蚝，至今难忘。

其实只有远洋无污染海域出产的蚝才能生吃。如果你在天冷时想吃，只能飞去南半球。北半球的冬春正好是南半球的夏秋，南美、大西洋的生蚝会在北半球瑟瑟冬日里蠢蠢挑逗世界。

蚝爷告诉我，生蚝冬天的时候会肥一些，因为蚝要储存能量来过冬。一般在清明节过后，南方的蚝肉吃起来会有鸡蛋黄的感觉，也比较肥，这是因为蚝正处在产卵期，肚子变成白色了。不过，很多人觉得这时候蚝的口感不及冬天。

不光是现在，自古希腊黄金时代开始，生蚝就被认为是强身健体的神物——西方称其为"神赐魔食"，日本则称其为"根之源"。除了催情作用待验证外（我是很严谨的，自己没验证的事情不敢乱说），生蚝确实是能提升身体精力的。吃得消埃及艳后的恺撒，当年远征英国，据说就是为谋取泰晤士河畔肥美的生蚝。

中文"第一个吃螃蟹的人"在西方直译是"第一个卖生蚝的人"。生蚝这种咸湿的好吃玩意，谁也想不到勾搭好男人的能力不亚于蜂腰肥臀的小妞：拿破仑、巴尔扎克、罗斯福……都是它的死忠。而且生蚝的价值远不止于此，听说宋美龄为了驻颜也经常食用生蚝；美女厨神娜杰拉·劳森（Nigella Lawson）更是生蚝的"奴婢"。

法国的生蚝养殖始于遥远的罗马帝国时期（时称高卢的法国是帝国的重要领土）。当时帝国的贵族们用黄金计算生蚝的价值，并派出大量奴隶远赴诺曼底海峡捞捕生蚝，然后用这些昂贵的生蚝举办各种宴会。18世纪的法国画家让-弗朗索瓦·德·特鲁瓦（Jean-Francois de Troy）就曾专门创作了一幅名为《牡蛎宴》的著名画作。

18世纪享誉欧洲的花心大萝卜贾科莫·卡萨诺瓦(Giacomo Casanova)说牡蛎能提升"力比多"（Libido，能帮他大振雄风），他号称一顿堕落的早餐可以在浴室吃下摆在情人胸脯上的50只牡蛎。

我很同意海明威说的："当我吃下带有浓烈海腥味的生蚝时，冰凉的白酒冲淡了生蚝那微微的金属味道，只剩下海鲜味和多汁的嫩肉。我吸着生蚝壳里冷凉的汁液，再藉畅快的酒劲冲下胃里，那股空虚的感觉消失了，我又愉快起来。"

我想，这也是生蚝那么流行的原因。

品蚝方法

品一枚蚝，你别以为去壳就可以了。相信我，有些时候用更对的方式生啖生蚝，你可以离情圣更近一点。

基本方法其实很简单，首先要在不加任何调味料的情况下吃第一只生蚝——用小叉去拨动生蚝（撩拨），但不要用叉去吃，要拿着壳放进嘴里（亲吻），不要直接吞

进去，而是咬一口（浅尝），让当中的味道散发出来
（闻），接着就可以享受了。

想象一下电影场景：专业侍者托着一个装有洋葱碎、
红酒醋、柠檬和塔巴斯科辣椒酱（Tabasco）的盘子上
来，让你随自己口味自由搭配。这时你如果另外要求了
盐之花（Fleur de Sel），而且只在蚝表面加了几颗，再
滴上几滴柠檬汁，然后拿起蚝，让它伴着一汪清冽海水
一起"滑"到嘴里，相信连最高傲的法国侍者都会向你
投射出爱的眼神。

卡普费雷（Cap Ferret）是法国波尔多很有趣的一个小
镇，很美，度假酒店的费用也奇高。很多人专程住那
儿，为的是等待每天渔民上岸的时候，逮到渔船吃新鲜
的生蚝。我这种用盘子装，蘸细腻红醋的，一看就不是
卡普费雷人的吃法。人家是直接把桌子当成盘子，浇花
一样地挤柠檬汁吃……那是豪迈的爱！

打开诺曼底生蚝直至品尝的最后一刻，都是非常讲究
的——打开后，先把生蚝壳里面的第一层汁液倒掉。在
这一刻，生蚝还是活的，并且它还会在1到2分钟内继续

分泌汁液，像过滤器一样把壳里面的汁液过滤纯净，这时候的汁液更加美味，并且饱含丰富的营养成分及人体所需的矿物质。

食用的时候加上罗勒酱和红酒醋汁都行，但是切忌加太多。如果想食用更新鲜的生蚝，最好将生蚝放置在海藻或者粗盐上面（理想的温度是8摄氏度），这样还可以尽情享受果香、奶香、矿石香等更细腻的味道。

吃到后面可以换花样，但基本原则是吃生蚝时不要加太多的酱料或柠檬汁（想想原味内裤为什么昂贵）。厨师也会提醒，大家拿着生蚝吃时，要保持水平，以免当中的汁流走。

点蚝实录

19世纪的纽约，据说在食用生蚝的鼎盛时期，随便走进一家餐馆，都会听到敲生蚝或者吮吸生蚝的声音。我为了喝一杯，也会去蚝吧。但点蚝是个技术活。

就像身体有多样性，生蚝也分好多好多种。

不同地区的生蚝有独特的风味，如海藻、矿物、金属、奶油、榛果等，这源于海水中丰富的浮游物与矿物质。同时，蚝肉如果要鲜嫩、晶莹洁白、无腥且略带甜味，一定要归功于水质优良、温度适宜以及天然无污染的环境。但是你永远没法贪心到尝试所有口感、气味、年纪、身材和尺寸。对，我在说生蚝。

法国人生性浪漫，适合浓烈的大西洋蚝。在酒乡法国，上好的香槟、霞多丽、桃红起泡都可能成为生蚝的百变搭配。

几年前我在法国波尔多机场的一家餐厅发现，那边生蚝的大西洋原始味道很浓，鲜香到感觉在尝大海的精华。我这才知道越咸越冷的海水，出品的生蚝越好。看到我在拍照，那家店的老板立刻配合。"常年吃生蚝的男人果然反应快，服务好！"我在心里嘀咕。

法国生蚝在温暖的季节产卵。那里有一种说法：带R的月份适合吃生蚝。这和中国冬至到清明生蚝肥美的说法不同。到了秋冬，冰冷的海水使蚝的生长速度减慢，这时的生蚝肉质爽脆。所以，法国的吃蚝季严格意义上是头年9月至次年4月。

不过也有例外，比如我之前提起的诺曼底蚝，它是以前的皇室御用蚝，是可以全年食用的，但是它们的肉汁及外形特点也是随着季节的变化而变化的。在2月到4月底（春），它们显得更加浓郁野性，肉质肥嫩。

百度知道里有个问题：诺曼底登陆战役中美国的目的是什么？我好想去贱贱回答，诺曼底生蚝啊！

7月到8月是我们常说的诺曼底"奶乳蚝"的繁殖期（在诺曼底，由于水温的限制，夏季这两月为生蚝繁殖的特殊时期，时间比较短），"奶乳蚝"在这个时期饱含碳水化合物，特别美。

区分每种蚝确实困难，就着套餐点也是好办法，因为受欢迎的蚝老板才有胆子多进货，做捆绑销售的可能性也大。

回到波尔多机场的蚝餐厅，我低头看眼前蚝单中的第一种，6个18.6欧元，法语叫"珍珠皇后"的生蚝，就是我们国内常说的白珍珠。在法国蚝中，产自西南部的白珍珠蚝是难得的"小清新"（不过还是比普通的口味重），海水味适中，蚝肉比较爽口，口感萝莉。

第二种6个12.6欧元，是国内稍好一点餐厅都开始供应的安芝莲，香港人叫安莎莲蚝。特点是有丰富的层次，以及清香榛果的余味，个头都不小。那年上海新天地附近的Oyster Bay（生蚝湾）主推的就是安芝莲。我挤了红酒醋吃，那生蚝顿时有了一种莲花残叶的凄美。虽然味道不俗，但让我满脑子都是"大姨妈"的画面……这蚝是在吉拉多蚝之后开始流行的，是尝鲜的好选择。

吉拉多（Gillardeau）代表的是一个超过百年的生蚝养殖家族，也是极少数以养殖者名字命名的顶级生蚝。这种生蚝有着"蚝中劳斯莱斯"的称号。即使是巴黎的米其林三星餐厅，也以能够供应吉拉多蚝为骄傲。开盖以后的吉拉多，边缘呈淡褐色，肉质丰腴，入口带有浓烈海水味，随后口腔蔓延出果香与奶香，可停留十多秒，是行家口碑中最像葡萄酒的生蚝。

按尺寸，吉拉多分级为0号、1号、2号、3号、4号、5

号，其中0号最大。老实讲，个人体会吃蚝还是个头大点的过瘾。一般生蚝等级以N打头，后面跟的阿拉伯数字越小个头越大——N1就比N2大。但记住，同一个种类的生蚝"大不一定好"（比如都是欧洲人）。如同样用0标记，"0000"可能会太老，"000"或"00"就行了。

有一种海蒂生蚝，也是以大见长，这是爱尔兰产的柔滑美男，还自带柠檬香。爱尔兰是欧洲第二大生蚝生产国，年生蚝产量达7500吨。每年9月底的高威生蚝节上，肥满的生蚝令不喜欢黏滑软体动物的人尖叫不已。为了庆祝生蚝节，居民们会游行选出最美的姑娘担当"生蚝小姐"。整整三天三夜的狂欢里，我最喜欢生蚝酒会，可以自由品尝，人气最高的则是挑战吉尼斯世界纪录的开生蚝竞赛。

确实，不管是吉拉多还是什么，大的天生就会带来感官辨识上的好感度。当然，我选生蚝也不全那么禽兽。尺寸不大，也可能意味着生蚝味道浓郁。

不明白为什么奶味足的通常都是小尺码——跟现实生活中一样，真是鱼与熊掌不能兼得。我还同时爱着奶香味很足的塔玛拉生蚝、弹滑的泰勒生蚝，还有头尖尖的超肥美的卡普生蚝。它们没辜负生蚝"海中牛奶"的名字。

个头最小的南非纳米比亚生蚝，虽然不起眼，但肉质属于丰腴型，格外爽滑，其肉色偏奶白，口感肥美鲜甜。纳米比亚生蚝入口先是一股海水咸味，再慢慢渗出甜味；虽然余味不长，但有种淡淡的奶油味，让人吃过难忘。

搭配奶味的生蚝，任何奶味的鸡尾酒都不会太突兀。比如含有酸奶酒、金酒、荔枝糖浆、新鲜西柚汁和香草的索玛夫人（Soma Lady），就是绝配。

有些男士不太喜欢"奶油"，而要舌尖触电的感觉，那要尝下澳大利亚的太平洋蚝。可能是水质好的原因，那里的太平洋蚝是让你身体被掏空后可以还魂的蚝，是全世界最受欢迎的生蚝之一，与法国生蚝齐名，肉质冰脆，有青瓜的味道，一入口就能感受到强烈的海味，又花火一般稍纵即逝，让人想起冷冽的单一麦芽威士忌。推荐的赏味期为每年的4月至9月。

富兰克林港蚝是澳大利亚的生蚝新秀，身体修长，甜味、蚝味、咸味平分天下，肉质也是爽口的。不过因为裙边有点青绿色，所以有很多人不敢尝试。但用浓郁的酒品一配，你会有电光配火石的感觉。

环肥燕瘦，总有人能欣赏杨贵妃。很多名厨偏爱澳大利亚的悉尼岩蚝，又名悉尼石蚝。这蚝的金属味和矿物质气息浓郁，蚝身硕大肥美鲜甜。由于那一带海水咸味不会太浓烈，所以盛产的蚝带有"肉"感。

选赵飞燕一样穿衣显瘦、脱衣有肉的蚝，要去塔斯马尼亚，那里距离南极洲极近，出产的生蚝壳呈白色，个头颇大但肉质紧，入口先是淡淡的海水咸味，回味之中有似青苹果的清甜。

澳大利亚土著嗜蚝男告诉我：不，克利夫顿生蚝更棒。等等，布拉夫生蚝还要棒！圆圆的，光壳，也被誉为世界上最好吃的生蚝，胜在甜美乳香。

什么？！又是乳香，男人们可真博爱。

有一次为了写生蚝文章，我吃了两天生蚝，精气爆表，积聚在身体里的洪荒之力简直能让我上奥运会。最后，我的鼻子用血的事实告诉我，吃生蚝真的有用哎！朋友边笑边问，你还要吃吗？我说，缓缓。

专情如你

[*Procambarus clarkii*]

小龙虾

响螺不响，少小无声。

老来变蟹，四海横行。

——《海错图》响螺化蟹赞

一到夏天很多人就会问我：

去吃小龙虾？

我总推脱。

原因是边吃

我边会想到不该想的画面。

以我的正直，

那就说"我不吃小龙虾"好了。

2016年我在一个夏天的饭局上，无意间听到小龙虾的做爱方式几乎是比螃蟹更标准的"传教士式"，让我面红耳赤遐想了一个晚上。《老友记》里，罗斯和瑞秋告白时，对她说的就是："You're my lobster（你是我的龙虾)"。小龙虾大部分是"一夫一妻"，最多是"一夫二妻"。公虾既要交配，又要打洞，还要保护母虾；一只公虾，最多就只能照顾两只母虾，多了根本"忙不过来"！

时光香艳转换。2013年我依旧无知地站在悉尼鱼市场——全球第三大鱼市场，也是南半球最大的鱼市场——带着深深的挫败感，我发现自己在中国熟悉的

"小龙虾"，在这儿居然不认识了！虽然去之前我特地做了功课，专门找专著学习龙虾与小龙虾的区别，遗憾的是，我找错了书。

那是一本坏男人写的烹饪书，作者是艺术家达利。他偏爱烹饪，还迷恋小龙虾，70岁的时候胡闹出了一本小龙虾专著 *Les Diners de Gala*（《盛大的晚宴》）。说是食谱，其实是宗教与龙虾主题的艺术手册。

这本书的封面是小龙虾造反的场景，但书中并没有教我小龙虾和龙虾的区别。我料想达利画的时候一定馋疯了吧，内页简直不忍直视，甚至有些画的直观寓意是：偷吃小龙虾的女人需要砍手。看完，我毅然把爪子收了回来，开始思考那个深刻的哲学问题：吃还是不吃？

面对悉尼鱼市场的茫茫虾海，答案永远是没出息的那个——吃了再说啊。悉尼鱼市场里面的鱼种类不少，龙虾种类更是可圈可点，我惊觉要补课了，因为一大群帅哥鱼贩在里面等着。

并不是小的龙虾就是小龙虾。其实海螯虾更容易和龙虾混淆——海螯虾体型也是很大的,同样生活在海里,最著名的就是"波士顿龙虾"（又叫美国螯虾）。

龙虾和小龙虾最直观的区别就是,龙虾没有钳子,但是小龙虾有。螯虾科的"小龙虾"们也并非全都很小。当我在偌大的鱼市找到唯一一个迷你的小龙虾摊,并赫然被摊主告知,眼前这个"小儿麻痹"的澳洲红螯螯虾可以长到大龙虾一样,顿时三观已毁。

"迷你小龙虾"将近10澳币一斤,就是50人民币一斤,但是即食的,价格其实还好啦,毕竟烧烧也是很费工的!

人家澳大利亚人有一种惨绝人寰的小龙虾吃法,就是市场买来后,从冰块里拿出来直接吃。另外,悉尼鱼市场煮熟的澳龙大概是120人民币半只,还是稍微有点贵的,但是确实新鲜好吃。

跟大多数帝王蟹腿一样。竹节蟹腿和龙虾腿在澳洲鱼市场也是奇货可居——在虾蟹界"有一腿"的还是比较金贵的,27澳币一斤,也就是140人民币——我仿佛能听到大长腿敲掉穷人大牙的声音。

话说回来，千万不要以为带个"螯"的虾就是小龙虾了，比如悉尼鱼市场有种特别好吃的挪威海螯虾（Nephrops norvegicus），偶尔出轨尝鲜很好，但跟原配小龙虾的地位还是差十万八千里。

要提醒大家，小龙虾一般是生活在淡水里的哦！蝲蛄就非常容易和小龙虾搞混——蝲蛄的螯短小一些，外壳青灰色，还是有区别的。国内比较干净的小龙虾馆子用的就是这种易于人工养殖的"青虾"。我们常吃的是克氏原螯虾，熟后呈铁锈红色，它的故乡其实是美国的得克萨斯州和路易斯安那州，那边每年还有龙虾节。龙虾节上，总是能看到小龙虾和土豆玉米一起煮。其中瑞典人的摊子特别好认，他们通常会加莳萝去小龙虾的腥。

其实，小龙虾的祖先最早长于澳大利亚。2008年2月2日，埃默里大学古生物学家安东尼·马丁（Anthony Martin）发布了一份关于小龙虾的调查报告，展示了他们在澳大利亚东南沿海的维多利亚州所发现的小龙虾化石。

现代小龙虾终于找到祖宗了！无论是体型大小还是螯爪的形态，它们都是一样的。而且，史前小龙虾所挖掘的洞穴跟现代小龙虾所挖掘的也是一致的。根据化石地质层所做的年代分析，这些化石距今长达1.05到1.15亿年，当时的澳大利亚还紧紧挨着南极洲板块。

其实那些比成人小影片还刺激的传闻，比如"日本拿小龙虾来分解尸体"的这种脑洞简直是福尔摩斯开的！我曾经在澳大利亚找到一家吃小龙虾的好店，叫"M厨房"（M kitchen），就在墨尔本唐人街上，夜宵时间段也开门。好多"泡"到老外的中国姑娘都带着蓝眼睛男朋友去开荤，吃完嘴唇都辣得鲜樱桃一样。不过价格上有点点辣手，要将近250块一盆，但可以加面条。那边还有很多奇葩的龙虾配菜（我看老外是这么点的），比如煎饼果子和油条。

小龙虾其实主要产自美国南部和墨西哥北部，生存于河流、沼泽或农田，虽然有钳子，但老外居然叫它们鱼、爹，还有虫——Crawfish（巨爪鱼）、Crawdads（巨爪爹），甚至Mudbug（泥洼虫）……大概是因为多到可怕。

其实美国人吃小龙虾比中国人狠多了。1987年，美国路易斯安那州收获了全世界90%的小龙虾，人家吃了70%。经过N年发展，做法已经登峰造极，加之受墨西哥甜辣口味影响，甚至有了"美国式十三香"。

他们的"十三香"叫卡疆粉（Cajun Powder），主要包括塔巴斯科辣椒、柠檬、胡椒、芹菜粉、月桂叶、姜粉、香菜籽、芥末籽、洋葱以及盐。做法是把卡疆粉倒入锅中加水搅匀，然后倒入满满一锅小龙虾，一边熬煮一边缓缓搅动，让调料和小龙虾充分混合，期间放入一些蒜瓣提香，吃起来就是豪气的"墨西哥一锅烩"。他们管这个叫卡疆菜（Cajun Food）。

要吃还可以去"The Boil"（沸腾餐厅），那是纽约主打美式麻辣小龙虾的餐厅，无法订位。如果赶上晚上用餐高峰，食客经常要排队等上一个多小时。那里的主菜都是论磅售卖，有小龙虾、帝王蟹腿、雪蟹腿、普通大虾、龙虾、蛤蜊等。在那里吃饭比国内宵夜摊还随意，食物也是用塑料袋装着直接上桌……没有瓷盘刀叉，服务员送上塑胶手套，大家就直接抓着开吃！

澳大利亚人虽然是吃小龙虾的祖师爷，但是他们习惯吃死掉的冰冻小龙虾，味道肯定没中国的活物好。中国人更喜欢成都的火锅龙虾（我个人喜欢养殖的去头青虾。小龙虾的排毒器官在头部，所以野生小龙虾头部的重金属含量是非常高的）——每烹饪一锅青虾都会耗费两瓶生啤酒，独家秘方三十香（融合30多味中药材和香料）并没有想象中的辛辣呛鼻，反而有微微的花果味，让唇齿清新，还可以让人夏天排湿又不上火，非常神奇。要吃正宗成都味道，龙虾火锅的配菜少不了上好的脆件：鹅肠、毛肚、黄喉、"嘎嘣脆"（用纯土豆粉和红薯粉做的，也叫"素黄喉"），那肯定比老美的小龙虾配菜——玉米、红土豆、蘑菇等，要考究一些。

我有时候会在聚会里给朋友做做"片儿川小龙虾"，还有梅干菜小龙虾，好味道屡试不爽。"片儿川"已有一百来岁，雪菜、时鲜笋片、猪腿瘦肉丝的神仙组合，是杭州舌尖的名片。资深吃货都知道，雪菜不能是随便的雪菜，芥菜才是"片儿川"世界的中心。另外，梅干菜也是芥菜腌制的，清明节前把芥菜心晒干，金银丝扎起装在小坛中盐渍，待卤汁回落，成熟后取出，晾晒、蒸熟，菜呈红黑色后，在太阳下反复蒸晒，直至色泽红亮，最后装入菜坛。我后来总结，只要有芥菜这宝贝在，任由我手残，小龙虾都好吃。

遗憾的是，1698年聂璜只画了寄居的虾怪，没有画过小龙虾——《海错图》里的响螺仕蟹其实就是虾怪。原因也很明显，小龙虾最早是在1929年于南京附近登陆中国，可能是被当作宠物或者饵料引入的，属于新物种。

后来我又在南京吃过臭豆腐猪肠版本的小龙虾，突然意识到，对这种在阴暗沟渠里仍然可以保持勃勃生机的"地狱美食"来说，"臭味相投"的搭配，才是历史的谜底！

虐恋至死

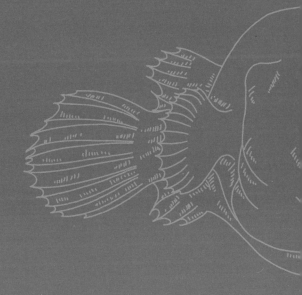

[*Lophius litulon*]

鮟鱇鱼

鮟鱇鱼产广东海上，

其形如鞠球而无鳞翅，

粤人钱以如为予图述云，

其肉甚美而纹如丝，

志书不载美，书亦就惟遁齐闲览悉其状。

——《海错图》鮟鱇鱼赞

长相很暴力的鱼，

通常好吃。

因为没人敢吃，

于是体内都是洪荒之力。

如果你的另一半很丑，

希望我安慰到你了。

五年前的早春，我去日本泊港鱼市解馋，想过几天一口多春鱼籽、一口泡盛酒的悠闲日子。

鮟鱇鱼季里，樱花也开了。上次在大阪黑门市场暴走到变态后，这次我决定聪明一点，避开人比鱼还多的地方。

按照《海错图》的描述，鮟鱇鱼极有可能是毬鱼。每次我在卡拉OK点歌，听到有人唱阿信的《死了都要爱》，那一脸便秘还挣扎不出一个准高音的死样子，我就忍不住想起它。

鮟鱇鱼酥嫩好吃到让人忽略它的长相。冬天的时候，杭州千串屋的老板徐晖总会不知道从哪里变出来点日本的鮟鱇鱼，呼朋唤友地，连鱼带厚片肝脏煮成鱼锅。按照日本的吃法，还可以在锅底味噌里加一点咖喱，腾腾热气里，食客满嘴都是肥美脂香，那香气来自四面八方。我喜欢一口塞得满满的，鮟鱇鱼“东奔西突”的糯肉，可以无缝贴合口腔的各种犄角旮旯，味觉里的每个神秘管道都被包裹，好温柔哦。这让人顿时原谅它那种丑。

我上次在迁址前的世界第一大海鲜市场——万恶的日本筑地海鲜市场（那是早在江户时期就有的鱼市场），找鮟鱇鱼失败的情景，至今仍记忆犹新。

当时我以为鲔鱼（就是金枪鱼）拍卖的时候什么鱼都有。而参观拍卖的人得5点前到，这就意味着我这种“慢吞吞癌”患者得3点起；那鱼老板就更是辛苦，需要整晚不睡。参观者的接待工作从早5点开始，每日限定参观人数在120人以内，分为两组，第一组参观时间是5：25—5：50，第二组是5：50—6：15。但如果5点到，就已经有上百人的队伍要排了——因为太太太有名了。

进场之前，市场会反复播放一段录像，大意就是告诉大家不要扰乱正常拍卖秩序，照相不要开闪光灯，不许触摸拍卖品，等等，还会发一件荧光绿的背心让观众穿上。把拍卖搞得就像巫婆施法，神秘兮兮。

拍卖开始后会有一个人摇着铃铛跳上木箱子，唱着周杰伦一样的啊哦呃歌词，旁边还有人负责记录。出价的人都不说话，单手比划一个手势，记录的人居然就看懂了，心照不宣，一条条迅速进行，看的人还没反应过来就已经结束了……

我后来发觉，去鱼市场千万要不耻下口，要有神农尝百草的必死心，才能找到生命中的惊喜。举一个"栗子"，其实我爱的鲛鳒鱼在场内是没有的，因为辛苦的鱼老板也爱吃。没有人会去哄抬这种目前价格如贱内但口味似初恋的鱼。

筑地市场分为场外交易市场和场内交易市场，场内的拍卖看完了，想想反正批发大坨鱼肉回家也没用，就出去吧。场外交易市场主要是一些面向普通游客和消费者的料理店，其中有两家最热门，一家叫大和寿司，一家叫寿司大，都有鲛鳒鱼吃，但一定要做好吃顿饭排三小时队的准备。不过目前这两家都已经搬迁到丰岛新筑地了，而新筑地内部目前对非餐饮从业者是不开放的，如果是，也需要带一张名片，当门禁卡用。

我也是个普通食客，位于冲绳县的泊港鱼市更适合我一些。泊港鱼市又被当地人称为"小筑地鱼市"，比起专宰中国游客的黑门市场当然便宜很多。

日本冲绳是世界闻名的长寿区，譬如其中的大宜味村，就是冲绳的"超长寿"胜地。这个人口约3500人的村子，90岁以上居民就有80人，且个个身体硬朗，被视为日本第一健康长寿村。泊港鱼市场周围就有很多白发老人在做工、垂钓和信步漫游。

这里的人们经常吃深海鱼、海菜、豆腐，秘密是其中的DHA（二十二碳六烯酸）可以改善记忆力和认知功能，而EPA（二十碳五烯酸）能降低血液里的中性脂肪和坏胆固醇，防止动脉硬化，预防中风及老年痴呆症。这几样鮟鱇鱼肝里都齐了。

第一次去的时候，我找错了位置。（原来大众点评里的定位是错的,建议用Google地图搜索。)那里离那霸市中心不远,地铁和路面交通都不方便,乘出租车最方便,而且不过起步价左右。

我们随着当地有名的餐馆车进入这个长寿者的食补宝地。泊港鱼市场虽然不大,但是应有尽有,让人仿佛置身水族馆。每个摊位其实就是一个渔业公司,几乎每一家都有自己的招牌。

当我在泊港鱼市看到成排的鮟鱇鱼肝时,就像掉到欲求不满的食道深渊里,整个人都随着嘴里的肝儿陨落了。

鮟鱇鱼简直是个让人闪瞎双眼的神话,而如果它去拍情色片,连恐怖片导演都会吓跑——这次绝不是因为长相——不瞒你说,鮟鱇鱼是"合体"这个词的伟大发明者!

角鮟鱇(一般人印象中"头上点灯"的灯笼鱼)是自然界中已知的性二态性最为强烈、最为独特的生物(听起来我几乎要误会成欲望乘以2的意思)。角鮟鱇,无一例外都是雌性的。

雌性鮟鱇鱼和她漂亮的近亲姐妹们，长相十分特别。不爱她们的人会说狰狞，爱上了，就虐恋到死了都要爱。毕竟，凡是耐看的第一眼都不漂亮。

其实雄性鮟鱇鱼就是没发育好的雌性，灯笼还没长齐的"伪娘"……这批假男人在与雌性鮟鱇鱼交往过程中，遭遇比现实人类社会中悲惨一百倍。接下来我们来围观下它们的爱情生活：

相比雌性，雄性鮟鱇鱼体型小、发育不全、无法觅食，更糟糕的是它们根本没有办法发育出完整的消化道。那副衰样，感觉蓝色小药丸都帮不了它了。

所幸雄性鮟鱇鱼拥有灵敏的嗅觉器官，能够感受到雌性鮟鱇鱼释放的魅力荷尔蒙，找一条梦中的雌性伴侣也不算太难。

再所幸它们的爱情完全不看脸——体型巨大、面貌凶狠的雌性能够用它头上发光的小灯笼来吸引其他的鱼类。当其他鱼类被它奇特的光源诱惑前来时，她会迅速膨胀下颚和胃部，并可以吞下体型比自身大一倍的猎物。

丑男只要看到"雌的活的"就感觉遇到了生命的召唤。可以说用尽一生的精力，利用吻部吸附在雌性鮟鱇鱼身上。只是两者的"交往"方式有点过激：

雄性鮟鱇鱼会分泌一种酶来消化掉自己的吻部和雌性的外皮，将两者血管连接起来。之后雄性鮟鱇鱼的身体会逐渐萎缩，被雌性鮟鱇鱼吸收融合——首先失去消化器官，然后是脑、心脏、眼，最后整个身体几乎完全消失，只剩下一对发光的蛋蛋。这对蛋蛋会在雌性鮟鱇鱼排卵时完成授精使命。真是连死了都没嗨成，还英勇借了个种，可歌可泣！

很自然，一条雌性鮟鱇鱼身上往往附着多条雄鱼，即最后雌安康会"长出很多蛋蛋"来用。自然界中有很多性二态性显著的生物，雄性都会以寄生或共生的方式依附于雌性，但像雄性角鮟鱇这样寄生到"合体"的，还没有第二种。

鮟鱇鱼每年只有11月中旬到次年2月初才浮游到海面觅食，所以捕捞很难。要找，只有去大的海鲜市场才不至于落空。由于经常在高水压的地方生活，鮟鱇鱼肉质较紧实，刺身的吃法也是极品，薄切竟然有章鱼的柔韧。
而在冬天，一锅鲜美无比的鮟鱇鱼锅更是馋人，一顿就
胶原加身。

在日本，鮟鱇鱼因为长相丑陋，体表布满滑滑的黏液，
难登大雅之堂，过去只是被鱼档老板作为赠送给老顾客
的礼物。不过因为忠诚食客实在越来越多，肉质被赞像
龙虾肉，鱼皮有胶原蛋白，鱼肝的口感又近似鹅肝，所
以现在被封为除了河豚之外，冬末春初难得的美物。

所以，请不要以颜值歧视任何鱼，对另一半也一样。

软膝诱惑

[*Coilia ectenes Jordan*]

有物如刀，不堪剖瓜。

垂涎公仪，见笑张华。

——《海错图》刀鱼赞

一到春天，

有时候后半夜辗转难眠，

来碗刀鱼馄饨就消停了。

刀鱼身材雪亮如银月匕首，有"清明节前软如棉，清明节后硬如刺"的说法。它与河豚一样，都是在清明前最美，肉质性感撩人，会柔柔融在嘴里。春暖花开的时候，刀鱼体内的密刺在雌雄交合后就变硬，春宵一刻就没了千金。

这种"一谈恋爱就变坏"的鱼现在已经贵到简直吃一口要掉块肉。但不得不说，清明前的刀鱼馄饨配上头茬鲜韭菜，是人生至美。

每年开春后，刀鱼从海洋游入长江产卵，在瓜洲（今扬州市邗江区）附近逗留时，刀鱼已哽喉，改名叫鮆鱼。

烧刀鱼讲究原汁原味，照理说"清蒸"才算最礼遇的烹饪，那是对春花秋月的珍惜。但我心里的一绝，是刀鱼馄饨，鲜美，没刺。美食家地主陆老师说："靖江的宴客习惯是先来一份点心垫垫肚子，再倒上酒碰杯。闽南和温州一带也有类似的习惯，这真的是一个值得推广的好习惯。"

这好习惯中的好习惯，就是新鲜的刀鱼馄饨。

除了用猪皮剔肉留骨这关难过，上好的刀鱼馄饨内馅还要满足三个讲究：刀鱼要挑早春出水的鲜货，尽可能选肥硕的雌鱼；秧草要选当日清晨割下的，最好是头茬带露水的嫩头；鸡蛋务必是三五天内生下的，不要蛋黄只留蛋清。所以包科峰老师把蛋黄做成了鸡蛋丝，配上鲜嫩草头，飘在汤里。

真正的考究，一定带着通情达理的温度。

馄饨不烫嘴，正好热乎。一口下去就像爱情，伊正好温柔，侬正好成熟。

有次我在黄龙饭店吃刀鱼蛋饺，蛋饺外皮的气孔里涨着刀鱼鲜汁水，轻轻咬一口就整个扑出来。陈立老师说："蛋饺一般都是薄皮，吃不出蛋香，做成厚皮后跟肉香搅在一起时才特别香。"所以刀鱼和五花的肉糜,都需要厚皮,藏鲜。

美食家董克平老师佐证说:"刀鱼显然是非常鲜美和肥润的,其实好吃的东西多跟油脂有关,没有脂肪就感受不到味道。但现在刀鱼是国家二级保护动物,野生的刀鱼不能吃。"

刀鱼理论上是洄游到靖江和扬州那一带的时候咸淡度最好。它的性腺在鼻子前部,顶着水往上游(因为春水向下流,所以一定要往上游)便于产卵,游到靖江和扬州这段长江流域的时候即将高潮——将产未产的时候,也是最饱满的时候,产卵之后就没法吃了。

"我在南通吃到的那次是最好的。"董老师说吃完那里的刀鱼发现以前吃的都是浮云。"因为南通在长江入海口附近,是刀鱼洄游的必经之路,这种洄游也是一个脱咸的过程。从海水里往淡水里游,游到一定程度身体的咸淡度比较平衡,这时候最好。"

爱,就是得还孽债。动物保护组织说刀鱼濒临灭绝,

2020年在中国就要禁捕了，所以2019年就已经千金难求了。

普通2两大小的刀鱼售价在1400元/公斤，2两以上的"大刀"达到3000元/公斤。如果是高级饭店，3两以上"大刀"售价在5000元以上/公斤，2两左右是3600元/公斤，2两以下的也要2400元/公斤。

苏州、江阴这一带也是刀鱼洄游的黄金水域。淮扬菜大师侯新庆师傅说江阴的刀鱼比较名贵，1995年大年初一，刀鱼就2000元一斤了，1993年到1998年买刀鱼要15000元起步。鲥鱼、刀鱼渔船上面不卖，有人去拿再到饭店转卖。而且2019年基本上都是2两以下的"小刀"，真是吃一顿少一顿。

很想说，荆轲，请带"大刀"见我好嘛！

美食家地主陆在朋友圈里基本不正经，人称地老师。这源于一次接机时，酒店关于他江湖雅号理解的乌龙："地主姓地"。闲情琐事，他从没当过真，但对刀鱼的爱，却很较真。在他繁忙的日程里，每年清明前，去靖江吃顿刀鱼是值得设闹铃提醒的事。

也有美食圈的朋友对此不解的，觉得刀鱼这么贵，肉还这么少。

"人类在缅怀鳗鱼饭，长江刀鱼却有一句MMP要讲。我就不赘述了，免得像舌尖三一样卖弄了半天生物知识，却失去了美味的传递。"

还有人觉得，吃刀鱼纯粹是因为贵。地老师又一脸认真地说："这话其实是把因果关系说反了，刀鱼的贵是因为珍稀、美味，是供求关系严重失衡造成的贵，而不是因为它贵了之后大家才盯着去吃。"

地老师出名很早，拥有电台主播的磁性男声。我喜欢闭着眼睛听，然后笑场。他承认"笔挺的鱼身、闪亮的鱼鳞、神气的鱼须、粉嫩的鱼唇（这些基本是三两刀的特征），捧在手里就如同以前手里握着大哥大，一看就壕"。

"早在古代，春天的刀鱼就是长江沿岸人民的美味。袁枚老师把它列在长江江鲜之首时，刀鱼也还是普通价钱。在我看来，刀鱼（准确来说是长江刀鱼）是好吃的，但鱼肉本身的鲜美不是它独占江鲜鳌头的唯一原因，而是这种按时令等来吃的食物越来越少。就算现在可以养殖，你在其他时令吃到的长江刀鱼也完全不同，在我们看来就是不同物种。人类似乎已经控制了地球，但也有控制不了的事情，比如刀鱼的洄游习性，比如一过季就丧失的美味，这种生物密码非常迷人。为了向伟大的自然界致敬，每年此时过江吃刀鱼是我们重要的仪式。"地老师说。那一阵字正腔圆的解释，让我睁眼时惊了一下，眼前的地老师好像脸也瘦了，英俊帅气了不少。

地老师这些年吃刀鱼都是到靖江百盛阳光酒店。长江刀鱼这个时节洄游到了靖江段和扬州段，非常肥美，被当地人称为"本港刀"。

靖江几道凉菜落肚、几杯酒干掉，主角上桌。服务员拆去了刀鱼脊背上长的鱼骨另有它用。第一口必须张嘴对准鱼鼻子，含住，不要咬不要嚼，是吸，把鱼鼻子和周围的软嫩一起吸进嘴里，如同吸入了长江的春潮。地老师详细解说："对付整身刀鱼也不能咬和嚼，得抿，一小口一小口用舌头与上颚去抿，这样才能感受鱼肉的细嫩，才没有唐突刚上岸的刀鱼。吃刀鱼的时候请不要说话、不要喝酒，请用全身心专注地对待你面前的这一条小精灵，请感谢大自然，请在心中默念：哦，我怎么可以这么幸运！"

"刚才姑娘抽走的鱼骨被拿去油炸了，在你完成与刀鱼的人鱼交融后端上桌来，这时大家正举起满满的酒杯敬天敬地敬刀鱼，正好拿鱼骨下酒，完美。"

其实对淮扬菜大师来说，刀鱼的金贵不止在鱼本身，更在于刀中有魂。

"刀鱼去骨难度大，要用刀口刮鱼肉去刺，留下一层皮，再把骨头去掉。"侯新庆师傅说双皮刀鱼是著名的淮扬菜，概念是从脊背处把中间脊柱骨去掉，再把肉刮下来，跟白鱼肉放在一起，搅拌上劲，最后把它填回去，制作成双皮刀鱼。"刀鱼一般都是清蒸和红烧，这道菜可以跟白鱼一起做，脊背的刀口填上火腿，再去蒸，还是一条刀鱼。金华火腿要瘦的，要有白的红的。

火腿的味道能增加它的香气、鲜味。"

每次吃侯师傅的菜，我脑内都有一间手术室，那种不是游龙戏凤的雕工，而是X光般深入骨髓的魔法，亲眼见了几回，至今回忆起来还是无法想象。这是传统菜肴的要义。

董克平老师五湖四海的朋友多，说话写字都非常本真。我第一次听他从经济角度分析"好吃"与"好找"的风味原产地问题。

"中国历史上不是海洋国家，吃的更多的是江鲜和湖鲜。写《胡雪岩》的作家高阳先生在一本书里说，海鲜的好处在于海水压力大，所以海鲜肉质比较结实，比较肥厚；缺点是，相对来讲，跟江鲜比起来肉质细嫩度不够。江鲜所生活的水流比较平缓，因此肉质细腻度比较高。中国不是海鲜国家，历史上更多的人记录的都是江河湖鲜，但生活在海边的人是不认同的，比如说大闸蟹在杭嘉湖平原包括上海一带，被封为美食中的美食，李渔说不加五味而五味俱全，但海边的人觉得黄油蟹很好啊，梭子蟹很好啊，肉蟹青蟹也挺好啊。但是不一样。"

董老师年年春天跟小燕子一样飞到南方。

"我们现在吃的比过去帝王都好，第一是因为生活水平提高了，第二是因为物流发达了。以前皇帝要在北京吃条刀鱼，得从扬州捞出来往北京运，用的是兵部六百里加急。扬州到北京是900公里，就是1800里，兵部六百里加急要走三天。又是清明前的，天气如果不够凉，运到北京肯定没法吃了。现在北京要吃刀鱼，捞上来冰鲜，直接就运过去了，虽会损失一点鲜度，但是不会变味，不会变差。而且现在我们行走的力量太轻松了，北京飞扬州，一个多小时，到了。"

"100公里在古时候是一个很漫长的路程，没有汽车只有快马，运输很难。南通有最大的渔产采购商，在那里吃刀鱼最好。有时候，好吃的风味虽在原产地最饱满，最新鲜，但最好的不一定在原产地。稀缺导致价格高，但大部分原产地的生活水平并不发达，所以很多好东西会跑到多金的沿海城市，因为经济发达的地方也有消费能力。就是说，跑到能花得起钱的地方——没办法，谁不想多赚点钱。还有，对得起好食材的厨师往往也在发达地区。"

价格、路途，与口腹之欲比起来，都不重要了。想得复杂了反而没法那么容易幸福。我想，这跟中国多数丈母娘反对女儿选的新女婿本质上是一个道理，占个好就不错了。

缠绵欲滴

[*Mactra antiquata*]

西施舌

西施玉容，阿谁能见。

咒彼舌根，如猿娇面。

——《海错图》西施舌赞

菜肴名称 *Dish name*	学名 *Fish's scientific name*	昵称 *Nickname*	活动海域 *Sea area*
杂西施舌 炒西施舌	Mactra antiquata	车蛤 土匙 沙蛤	印度-太平洋海域 浅滩·中国福建 长乐漳港一带

时令风味 *Seasonal flavor*	好吃部位 *Tasty part*
西施舌采捕季节主要在冬季。每年2.3月是西施舌最肥美的季节。	壳内蛤肉

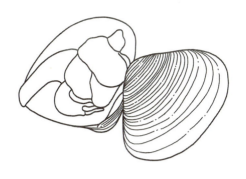

繁殖季节为春、夏季间，现我国西施舌人工育苗高产技术已取得成功。

西施舌属于雌雄同体的腹足类，此类多数因精、卵不能同时成熟而无法自体受精，所以亦需要通过交尾进行异体受精。

肉质特征（生/熟）
Meat quality characteristics (raw / cooked)

蛤壳内软体丰满.

肉质脆嫩.

味道鲜美.

做法（生/熟）
Cooking method (raw / cooked)

洗净取肉.

滚水中烫熟捞起.

煮汤或炒制

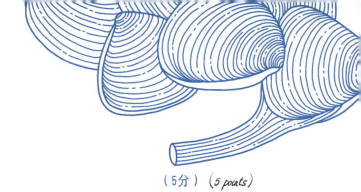

（5分） (5 points)

典型做法评价 Typical cooking practice evaluation	🐟🐟🐟 🐟 🐟
重量 Weight	🐟 🐟 🐟 🐟 🐟
鲜美程度 Degree of delicacy	🐟🐟🐟🐟 🐟
鱼刺疏密度 Fishbone density	🐟 🐟 🐟 🐟 🐟
纤维硬度 Meat fiber hardness	🐟 🐟 🐟 🐟 🐟
湿软程度 Degree of wetness and softness	🐟🐟🐟🐟 🐟
软颗粒感 Soft granular sensation	🐟🐟🐟 🐟 🐟

茶靡之美

[*Selachimorpha*]

鲨鱼

青鲨状恶，无所不唉。

泅水弄潮，亦受其害。

——《海错图》青头鲨赞

菜肴名称 Dish name	学名 Fish's scientific name	昵称 Nickname	活动海域 Sea area
鲨鱼丸. 酸辣鲨鱼唇	Selachimorpha	鲛. 鲛鲨	所有海域 0~1300米水中

小心

东北大西洋渔场

北 冰 洋

大

23.5°N

0°

23.5° S

西

印 度 洋

洋

北太平洋渔场

西北大西洋渔

太 平 洋

大

西

秘鲁渔场

洋

东南大西洋渔场

▦ 大范围渔场
⠿ 小范围渔场

时令风味 Seasonal flavor	好吃部位 Tasty part
鲨鱼在一年中的不同时间 会移动到不同的深度. 四季皆可捕食, 是重要 的食用鱼类。	鱼肉 鱼翅 鱼唇 鱼皮

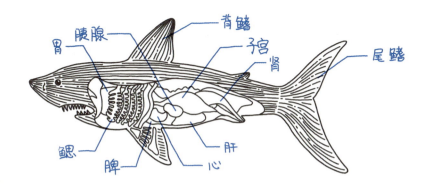

胰腺 背鳍 子宫 肾 尾鳍 胃 心 肝 脾 鳃

体内受精。

雄鱼均有一对作为交配器的鳍脚。

天哪，双倍激情！

雄鲨有
两个生殖器

臭鲨鱼

在冰岛是很受欢迎的小吃

我先解释一下这个"臭鲨鱼"
的做法：

能够做成地道冰岛臭鲨
肉的鲨鱼，必须来自格陵
兰岛水域，一般只选择鲨
腹部红色的一部分以及身
白而软的另一部分作为用料
切割后，鲨鱼肉要被晒上至
少4个月，而且只在上半年阳
光充裕的时候晒。在晒
后，鲨鱼肉将被埋在沙中
度发酵，直到鱼肉完全酥软

肉质特征（生/熟）
Meat quality characteristics (raw / cooked)

小鲨鱼肉很嫩、
肉质细腻、口感好。

做法（生/熟）
Cooking method (raw / cooked)

可鲜食、蒸食、腌制，
或做成鱼丸、鱼肠、鱼膏。

❓为啥要这么折腾？

鲨鱼没有泌尿系统，体内的
排泄物是通过肌肉和皮肤
输送到体外的，所以它的
肉积攒了尿酸等有害物质
‼️不经过处理无法食用。古代
冰岛物质贫乏，发酵过的
鲨鱼肉无毒也就成为了餐
桌上的一员。

——环球旅行博主Yan LeeC腌

（5分）(5 points)

典型做法评价 *Typical cooking practice evaluation*	🐟🐟🐟◁◁
重量 *Weight*	🐟🐟🐟🐟🐟
鲜美程度 *Degree of delicacy*	🐟🐟◁◁◁
鱼刺疏密度 *Fishbone density*	🐟🐟🐟◁◁
纤维硬度 *Meat fiber hardness*	🐟🐟🐟🐟◁
湿软程度 *Degree of wetness and softness*	🐟🐟◁◁◁
软颗粒感 *Soft granular sensation*	🐟🐟🐟◁◁

破浪去私奔

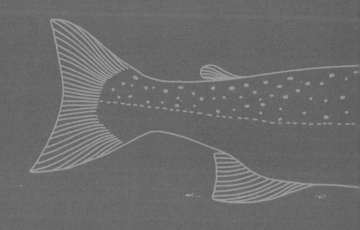

[*Oncorhynchus*]

三文鱼

如果让我选择，

我会让自己成为三文鱼，

即使会冒险，

会损失一些东西，

我也要逆流而上。

——土井《浮况》

我曾经吃过一顿《月食》，

是一期一会的艺术家饭局。

那一顿所有的食物都是粉色的，

只能用思想与审美去吃，

嘴巴是不能吃的。

全程下来我一直在跟自己说，

如果主题是橘色就好了，

还能有三文鱼。

我家里挂了一幅艺术家野马老师的《天空中飘满三文鱼》，蓝天上飘满三文鱼云。夜宵时分，比起窗外的天空，猫家里看这片才诱人。况且，又在秋冬三文鱼洄游的季节里。

我其实以前不怎么爱吃三文鱼，主要是被挪威人超市里那些烟熏的三文鱼排闹的。微微的暗黑色加上支离破碎的莳萝，让人感觉像画家没洗干净画笔。

三文鱼又叫撒蒙鱼或萨门鱼，学名为鲑鱼，小时候是淡水鱼，生在小溪中，一年后就游进太平洋。

一条三文鱼长成需要四年。每年秋天，循着"停车坐爱枫林晚"的意境，它们开始逆流而上，开始漫长的洄游。生殖腺随水流充血，竭尽全力地一路恋爱。路上消耗掉它们身体里几乎所有的能量和体力。

从离开海洋后，三文鱼就不再进食，洄游过程中，它们要抵挡水流的冲击，还要飞跃阶梯障碍。这时候"鱼跃龙门"就需要跨越生死线的运气，因为很多水库闸门有半米高，要使出全身解数才能翻越。它们中的极少数能再回到自己出生的小溪中，产卵授精后在"风萧萧兮易水寒"中送命。

甚至有的在到达彼岸前就力竭而死，肚中还揣着几千鱼子。

但新的一年，小鱼苗又会沿着母亲走过的路成群洄游。

一切都自有安排，谁也逃不开。爱欲，真的是魔障。想想之前发生的北大女生惨案，再想想三文鱼，心里有北欧冰冷的激浪刷过。

我的朋友丁煜宁曾在《国家地理》杂志工作，他拍过三文鱼的洄游，看完那种悲壮之后说再也不会去吃。

我的反应不同，既然无可避免地到了我的餐桌上，至少不应浪费。每一口，都敬真爱。

毕竟我们只有少于0.2%的机会能吃到——每对三文鱼平均可产下4000颗鱼籽，一整个冬天鸟兽虫鱼都觊觎，来年春天约有800条小鱼出世。游向湖泊和大海途中像群星陨落，小鱼大约有200条能够到达大海。4年后能够洄游的只有10条，其中8条被人类捕捉，最终到达出生地的只有2条。

更小的几率是碰见做得好的厨师。

日本厨师好像并不太喜欢三文鱼。杭州日料教父徐晖告诉我：日本厨师觉得三文鱼即使轻微变质也难以分辨，容易造成食品安全问题。

我对三文鱼的爱，是从Peter Zhou（周宏斌）开始的。

Peter Zhou曾在澳大利亚的TAFE College求学，自谦地表示"法餐擅长，中餐与日餐略懂"。法餐注重调味和本身美貌的程度；日餐是另一种美，可能它的调味也会体现在酱汁里。这两种料理对于鱼本身味道的讲究是不同的。日本人以生鱼片的形式体现鱼真实的材质和口感，包括鱼本身的味道，酱油和wasabi（山葵）的出现在于杀菌的作用。法国人烹饪鱼一般都会用酱汁，用酱汁、油、芥末，包括香料来增加味道。

Peter Zhou说："我喜欢三文鱼源于一道菜：三文鱼卷。三文鱼肚子上的这块肉，脂肪多，跟蛋清和奶油一起做会非常好吃。再把背部的肉削成片，包在慕斯里面，外面放上千层纸酥皮（这个皮要用四层，每层用黄油粘在一起），然后烤到五分熟就行。我不喜欢吃全熟的三文鱼，宁可吃生的。因为三文鱼煮熟后口感很硬。"

Peter Zhou最擅长的是三文鱼料理，他熟悉的澳大利亚属于太平洋。但其实三文鱼最大来源是挪威的大西洋海域，太平洋海域的三文鱼则出于澳大利亚。他说三文鱼分两种，野生的和养殖的，养殖的脂肪含量比野生的高。

关于生吃这件事，值得细细讨论。那个怼蔡澜的"开水族馆的生物男"（下文称"开水"）说："鲑科种类最早有且只有一种叫作大西洋鲑，Salmon（鲑）来源于拉丁语，在几千年前就有。第一轮扩充是在发现新大陆时，人们发现美洲也存在洄游的种类，且身体偏红，是大马哈鱼，之后此品种纳入Salmon（鲑）类。狭义的鲑类就是指海水中生活且会洄游进淡水的部分品种。挪威人养殖的Salmon（鲑）被香港人叫成三文鱼，20世纪80年代通过美国销往日本，香港在80–90年代就因为日料店的普及而大量食用它了。"

全世界只有一个国家界定外来词是最快的，就是法国。法国人这样做是为了避免英语词入侵。第二相对严格的是日本，日本当时是要废汉字但没废掉，后来则对外来词有严格限定。这两个国家会快速对新词的进入进行官方注释，除它们之外，所有国家对外来词都是没有定义的，包括美国。三文鱼从20世纪80年代进入中国后，官方始终没有明确界定它是什么。

在国内，对鲑类的最近一次扩充是在2018年8月10日，刚刚成立的中国水产流通与加工协会三文鱼分会发布了一项名为《生食三文鱼》的团体标准。在这个标准中，生物学上属于马哈鱼属的虹鳟，也被划分到了三文鱼中。这让众多三文鱼爱好者一片哗然。实际上，我们通常所说的真正三文鱼都是鲑属。

第一次见"开水"的时候，我被这个生物男的执拗惊到，他的直言不讳也让我觉得爽快。因为不用我问问题，他就可以做个长篇的口头论文，表情微红又饱满，让我感觉自己打开了某海洋知识节目的音频，并自动调到最大音量。

"淡水三文鱼是什么呢，是Rainbow Trout（彩虹鳟鱼），Trout（鳟）是虹鳟鱼，即所谓的纯淡水大西洋鲑，叫虹鳟卖不出去，养殖成品才卖20到30块钱一条。北京的怀柔和云南的丽江把这个叫作淡水三文鱼做刺身给大家吃。但这个其实不是三文鱼。怎么区分鳟和鲑？在淡水生活就是鳟。这个话题很有意思，海鲜中的寄生虫对人体安全，因为即使吃进去在胃里2到3天就死了，最多不过一周。但淡水环境下的寄生虫可以全身繁殖。这就是为什么鳟鱼和鲑鱼这个事情我们要这么认真地反对，不是品质和价格的问题，尽管两者价格是双倍的关系，最主要核心在于安全隐患。"

有人说，海水虽然相对安全，但也有个量的问题。日本的海水寄生虫问题是全球最突出的，因为他们迷恋海钓，吃得多，喜欢乱吃。

不过"开水"不同意这个说法，他认为中国有个地方是全球最高的，是平均水平的100倍，叫桐县，说当地人一边吃鱼一边吃药。

Peter相信日本人对鱼的了解超过任何国家，他不喜欢冰冻的金枪鱼，但是日本人习惯于把金枪鱼在零下50度左右急冻，把细菌杀死。"一般法餐烹饪主要是将食材以熟的形式展示在案板上。我认为日本人对金枪鱼和三文鱼的理解，是引领性的。因为要把生的鱼给客人吃，要掌握新鲜程度，包括如何展示、刀切在哪个部位、厚薄等等，都有讲究。"

我同意他说的，大多数法餐要比日餐的味型丰富得多，比如说他喜欢的藏红花配香槟汁，还有柠檬汁。浪漫主义的法国人做菜时甚至还将橙汁加到奶油里面，会有酸甜味道，甚至还会加入紫罗兰、葱、香菜……不过，一般情况下在法餐中的鱼的酱料，即使再奇葩大胆，也不会口味很重。

其实大部分法国厨师，做饭的时候还是很专一的。"你想柠檬，除了清香，口味单一，不会跟其他香料结合，因为柠檬本身味道清晰，酸度尖锐，加其他料的话味道就杂了。"

"我之前离开宁波的时候就煮这道三文鱼卷作为员工餐给400个员工吃，感谢所有员工对我5年以来的支持。因为我的客人吃过我的菜，但我的员工没有几个吃过这道菜。这么多年没进厨房了，拿手菜总是不会有错的。我记得2014年还是2015年，味觉大师钟宁叫我去北京拍煮菜视频，当时我煮了两个菜，一道是三文鱼卷，一道是烟熏鳜鱼。"

Peter说，做这道菜得首先把鱼骨头取下来，三文鱼有很多黑色的脂肪和带血的部分，也要去掉，不然煮完以后会发黑。去掉以后按头对尾巴、尾巴对头排列，这样出

256

来以后均匀（因为尾巴比较薄，头比较厚，如果头对头就会一边大一边小）。尾巴最后要一点点修掉，差不多要修成长方形一条。再在各种绿色香料里滚一圈，鱼看起来像穿了件绿色的薄丝绸，然后用保鲜膜包好，外面裹好纱布，进入低温慢煮。这样煮出来的三文鱼卷口感柔嫩多汁。

厨房曾有个工种叫人肉低温慢煮机，那时候厨房没有低温煮的设备，只能用一桶水加一个温度计替代，人要时刻看着温度，火不能太大，水温要控制在70摄氏度左右。

这个菜我实在不想界定是中餐还是西餐，这是高级厨师的创新，里面包含岁月和智慧。

"这是以全新的视角来看待全世界的餐饮，但这一定是有传承的，因为妈妈是有传承的，妈妈的手和舌头的理解是有传承的，这是以有理解的、更加包容的全球化的视角来看餐饮。"Peter Zhou觉得餐饮包容到现在是一个全新的发展，包括如何理解西餐和中餐，如何理解西餐在中国的发展。

"首先是大环境的改变，我们国人经常出门，几乎每个月都在国外找好的餐厅吃饭，所以说我们了解世界，世界才有机会到我们中国来。因为年轻人接受新事物的能力超强，平时小孩子和妈妈去国外的餐厅吃饭，妈妈突然发现小孩子爱吃某道菜，回来以后就会做给他吃。而且因为社会的发展、科技的发展，以前没有的慢煮机器、中餐厨房从来没有过的万能烤箱和其他很多机器，现在都有了。这也是社会的进步、人类的进步。最重要的是，国人以前没有机会接触好的东西，我们看到了，把好的东西带回来。国外那些厨师看到中国潜力很大，也来了。我们看到的东西不一定总在家里，日料、法餐经常在我们的餐桌上出现，因此西餐在中国的普及是迟早的事情，将来会更加普及。"

也许，再过两年就没有西餐中餐的分法了，像我们的小孩餐桌上会有三文鱼（这种鱼我们小时候没有吃过），他们吃的时候不会说这是西餐还是中餐，只知道这是妈妈的菜。长大之后他们会发现什么馆子都可以吃——中午吃披萨，晚上吃日料——对新一代来说，饮食没有国界。

Peter Zhou说西餐（包括法餐）没有爆腌的菜式，但是他们有咸鱼，放很多很多盐腌，甚至腌几个礼拜，很咸——煮之前要在活水里面冲几个小时。不过，肉确实很紧。"传统法餐的做法是在牛奶里放很多大蒜，煮开牛奶后放入咸鳕鱼，鱼煮熟后拿出来，稍微冷却后放在土豆泥里。"

其实中国有文武鱼的做法，文武分别指的是鲜鱼和咸鱼，一起煮的时候，鲜鱼得了咸鱼的味道。绍兴人喜欢用蒸来处理这道菜，可以一次性吃到一条嫩的、一条肉紧的，且两条鱼都是咸的。西餐里没有借味的做法，一般的外国西餐厨师知道中国的这种做法，都会觉得很兴奋。

地球村是上个世纪的说法，现在终于在餐桌上简单实现了。

"科技的发展让以前很难的工夫菜变成大家都能学习和实现的事情。其中很重要的一点是快递运输，能让我们吃到云南最鲜的蘑菇、国外空运过来的所有好食材，甚至龙虾也能从澳大利亚运过来（因为中国人喜欢吃活的海鲜）。100年前虽有飞机，但是昂贵，现在不贵。从云南到中国最远的地方，两天就到了，而且运费不贵，实现了厨师可以用任何食材的梦想。"

妈妈菜在变，其实，每一年小鱼苗也在悄悄改变路线。但新一代，还将循着父母辈的心路前进。生命循环的能量不息，亘古不变。

浪淘情沙

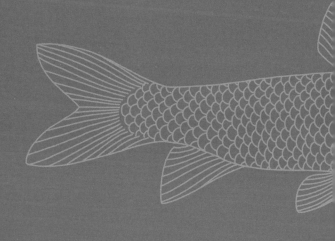

[*Mylopharyngodon piceus*]

青鱼

乳蛾喉痹，
用青鱼胆合咽；
赤目障翳，
用青鱼胆频频点眼，
很见效。

——明·李时珍《本草纲目》

老外们都说用食物命名的姑娘，

都不是正经人，

比如梨子、苹果、樱桃什么的。

我看用食物命名的鱼也不是什么正经鱼，

比如螺蛳青。

"正月菜花鲈，二月刀鱼，三月鳜鱼，四月鲥鱼，五月白鱼，六月鳊鱼，七月鳗鱼，八月鲃鱼，九月鲫鱼，十月草鱼，十一月鲢鱼，十二月青鱼……"淡水鱼里，我和青鱼关系最疏。

细细了解青鱼，如果是一个人，他就是老谋深算的那种。平时栖息在水的中下层，摸摸螺蛳，欺负欺负那些平时不太动弹的蚌、蚬、蛤等等，对小鱼、小虾和昆虫幼虫也来者不拒，反正以水中老弱病残幼为生。要求偶的时候，雄鱼就开始装大款，头部长出白色颗粒状珠星，胸鳍上也有，恨不得钻石戴满。有这样的好胆，难怪李时珍都忍不住在《本草纲目》里将其归为良药。

青鱼其实不必那么韬光养晦——青鱼直接烧不大好吃，

有股青苔的味道。人家有保护色，我觉得它有保护味。有次"外婆家"创始人Uncle吴带我去安吉水库吃鱼，那也是青鱼全年最肥美的时候。渔民告诉我："水库里野生的青鱼每天捞出的都不一样，上游下游的鱼大小不同，上游的鱼小一点，下游大一点。大一点的30多斤，但螺蛳青最大的有180斤。冬天的腌制螺蛳青是很少的，因为腌制的鱼当地人不吃，都是绍兴人吃。"

我开始吃青鱼，是从绍兴酒糟青鱼开始的，看起来僵直的鱼身，因为花雕与糖的宠幸，鱼肉间隙里充分渗入酱汁，水灵灵。青鱼冬季最为肥嫩，气候寒冷也适于糟制。我听家里的老人说，有青鱼老卤的人家都开饭店了。家常糟鱼用的是盐腌，且不能用生水洗，要用竹签在背上肉厚的地方扎几个孔，以便和薄肚子那里一样入味。传统配方里是要加硝增加香气的，现在因为健康原因逐渐不放了。糟好的青鱼细腻的鱼肉瓣一入口咀嚼就幻化成鲜美蒲公英，轻咬一口，徐娘就酥成少女的感觉。啊，是我以前了解不够。

青鱼，只是好吃得有点低调，需要大师调教才行。中国餐饮的领军人物"好酒好蔡"的掌门人蔡昊曾评价冬天肥美的青鱼：不腥，肉质紧致又有鱼的香味。分享一个青鱼做法吧：青鱼侧身两片大肉，用猪油煎一下，加蒜头，鱼露兑一点水淋上，小火，慢慢等水分煎干，让鱼的油脂释放出来后再淋一点鱼露，翻过来再煎两分钟就成了。鱼油被猪油平衡，空口吃最好找杯黑啤。

明清的老菜谱对青鱼早有证明，有个喷香的证据就是熏鱼！《调鼎集》里写："用活青鱼切大块，油泡之，加酱、醋、油蒸之，俟熟，即速起锅。此物杭州西湖上五柳居最有名。"虽然因为鲳鱼肉更丰腴，现在越来越多的高级馆子开始用鲳鱼的中段薄切来做熏鱼，更细巧多汁。但熏鱼用青鱼做其实是很适合的，因为它肉质比较厚，所以外脆里嫩才有可能实现。原始熏鱼那种厚实感，以及青鱼青苔石板般的特殊香味与酱油、糖结合后的复杂余味，是不能替代的。

熏鱼这道菜，最早从苏州人这里开始时兴。Peter Zhou 叱咤高端酒店业多年，下决心进入餐饮业，就源于少年时常在家里帮妈妈煮苏州菜："记得我十六岁的时候还煮过四五十人的一顿晚宴，是看着书做的。当中有道菜是熏鱼，就是将青鱼炸了以后放在酱油里面泡两个小时

（酱油汁里放姜和葱），之后高温油里复炸，然后用酱油和糖做汁，再把炸好的鱼放回去，浸一下，把味道浸到鱼里去。"

"熏鱼是很有特色的江南菜。苏州人擅长做这道菜，他们会稍微加一点点醋，味型是甜和酱香。可能在长江三角洲的江南一带，鱼的种类偏少，除了白条鱼、鲫鱼、汪刺鱼，湖里面比较多的是鲤鱼，长江里面则是刀鱼、河豚鱼或其他鱼，都是淡水鱼，海鱼很少能吃到，甚至在四十年以前我们很少能吃到海鲜。"

苏州熏鱼的经典做法是要勾芡的，芡汁浓而不稠，鱼肉入味又不柴。关键还要咸甜平衡，就像大家闺秀，淡妆浓抹都不行，多一分朱砂就轻薄，少一抹粉黛就失礼，非要恰到好处才是得体。

Peter Zhou年轻时候胸肌练得跟李小龙一样，也曾"哺育过"不少人才。现在的宁波柏悦酒店行政总厨张韶华就是叫他"贵人"的幸运儿之一。目前是烹饪大师的张韶华，在"湖滨28"和现在的"钱湖渔港"一路拿了很多奖，本事就是对火候的把握。他的代表作之一就是青鱼划水。青鱼划水其实是一道老菜，说简单点就是红烧青鱼尾巴。不过，一般厨师是不敢拿老菜作看家菜的。毕竟做菜跟谈恋爱似的，家常的本事骗一个姑娘容易，骗一堆姑娘难，更何况要从8岁到80岁都喜欢！

与食客的刀嘴短兵相接，除了火候，鱼的选料也很关键。划水这道菜上海、杭州都有，只是用的鱼不一样。现在红烧划水用的可能多是草鱼和鲢鱼，但说来奇怪，那红烧勾芡的魅，非得青鱼的荒野气去平衡才好。我记得吃过比较难忘的青鱼划水，除了上海上只角餐厅的，再就是宁波东钱湖的了。

新官上任三把火，新厨师上任可不止，不然人见人爱的青鱼熟不了。张韶华大师当时到东钱湖畔上班，听说东钱湖四宝中青鱼划水是其中之一，而自己餐厅也有这道菜，偶像包袱要紧，必须有不一样的水平发挥。张大师当时手下很多厨师生活在东钱湖边，他拿出泡妞的本事，又是请客吃饭，又是替人家解决生活感情问题，求他们带自己去打渔。结果不负众望，东钱湖边的小伙子个个是抓鱼高手，大概小时候都没少做风口浪尖的"坏事"，水平高到就差鳞波微步了，跟山边的孩子听声辨位抓野兔差不多。

我说，那都是土腥味吧？"自己打来的鱼当然会有土腥味，因为东钱湖下面是泥土底，需要饿养几天才能做划水。"

"因为东钱湖的青鱼肉质肥厚，取料比较多，所以烹饪时间也更长。大火烧开转小火煨透入味，最后中火收汁，调味时则加入米醋来提鲜，这和杭州的葱油做法不同。我现在把红焖汁调制成了配方，以保证每次出菜能口味一致。"

和张大师一样，我也喜欢熏鱼、青鱼干、青鱼划水。小时候吃熏鱼我经常吃不动饭，因为熏鱼甜甜的最适合空口吃。早上消灭泡饭，要么拜托干炸小带鱼，要么靠青鱼干。青鱼干是江浙人小时候经常吃的，因为青鱼很便宜，每家都会拿来腌鱼干。腌的时候鱼内脏和血是不扔的，而是拿很多盐拌在一起，再擦在鱼身上进行腌制风干。腌鱼肉蒸出来微微发出暧昧的红色，而且味道美，是下酒下饭的好菜。

把冷掉的青鱼干焐在泡饭里，那泛起的温度，就像第二春一样。

游戏人间

[*Nephocaena asiaeorientails*]

江豚

黑有江豚，白有白鱀。

状异名殊，同宅大水。

掠有群鱼，掠以肥己。

是谓小害，顾有可喜。

大川夷平，缟素不起。

两两出没，矜其颊嘴。

若俯若仰，若跃若跪。

舟人相语，惊澜将作。

——宋·孔武仲《江豚诗》

菜肴名称 Dish name	学名 Fish's scientific name	昵称 Nickname	活动海域 Sea area
/	Neophocaena asiaeotientails	江猪子	西太平洋、印度洋日本海和中国沿海等热带至暖温带水域

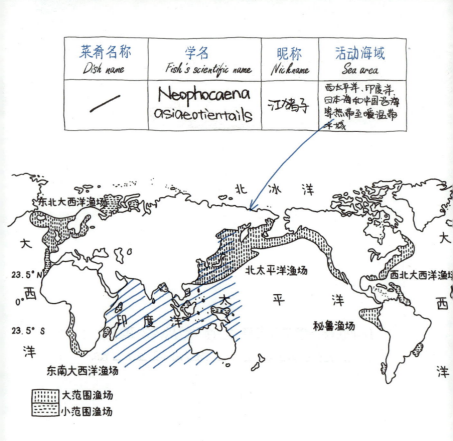

时令风味 Seasonal flavor	好吃部位 Tasty part
/	/

2013年列入《世界自然保护联盟濒危物种红色名录》极危物种。

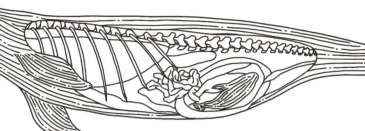

从雄豚和雌豚之间的热烈追逐开始到交配结束,江豚的交配一般需要30-60分钟。一天之中可以出现十多次,而且昼夜不停。雄豚在追逐雌豚时腹部及尾柄前后涌动,有翻滚、侧涌、仰涌等多种姿势。水面常常被搅得波浪不止,水花四溅。

喜欢单只或成对活动,结成群体一般不超过4-5只,但也有87只在一起的记录。江豚能发出两大类声信号,高频脉冲信号为声呐信号或称为回声定位信号,主要在探测环境、捕食时发出;低频连续信号为时间连续信号。由于频率的高低不同,人耳听起来有的像羊叫,有的似鸟鸣。

江豚性情活泼,常在水中上游下窜,身体不停做翻滚、跳跃、点头、喷水、突然转向等动作。如果即将发生大风天气,江豚的呼吸频率就会加快,露出水面很高,头部大多朝向起起风的方向"顶风"出水,在长江上作业的渔民们把它的这种行为称为"拜风"。

江豚的食物包括青鳞鱼、玉筋鱼、鳗鱼、鲅鱼、鱿鱼、大眼鱼等鱼类和虾、乌贼等,随着所处的环境不同而改变。

江豚总群的数量在以每年5%～10%的速度下降！

ㅠㅠ 可怜的江豚宝宝！

（5分）(5 points)

典型做法评价 Typical cooking practice evaluation	
重量 Weight	
鲜美程度 Degree of delicacy	
鱼刺疏密度 Fishbone density	
纤维硬度 Meat fiber hardness	
湿软程度 Degree of wetness and softness	
软颗粒感 Soft granular sensation	

微笑天使

这么可爱的宝宝谁要吃！！！

无
性
婚
姻

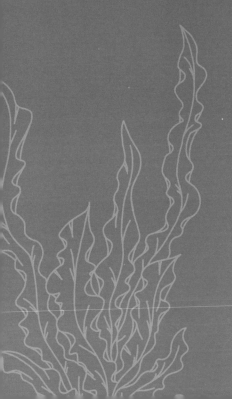

[*Neophocaena asiaeorientails*]

紫菜

海石生衣，其名紫菜。

吴羹清味，用调鼎鼐。

——《海错图》紫菜赞

菜肴名称 Dish name	学名 Fish's scientific name	昵称 Nickname	活动海域 Sea area
虾皮拌紫菜. 紫菜汤	Porphyra	紫英. 索菜 灯塔菜	寒带、温带、亚热带 和热带海域. 中国沿海均有分布

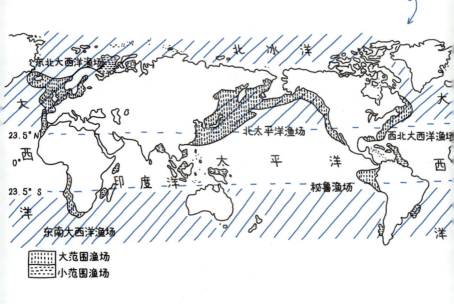

每年9-12月是紫菜采收期.
9-10月是头水紫菜的采收期.
头水紫菜营养最丰富.

时令风味 Seasonal flavor	好吃部位 Tasty part
每年9-12月是紫菜采收期. 9-10月是头水紫菜的采收期. 头水紫菜营养最丰富.	叶状体部份

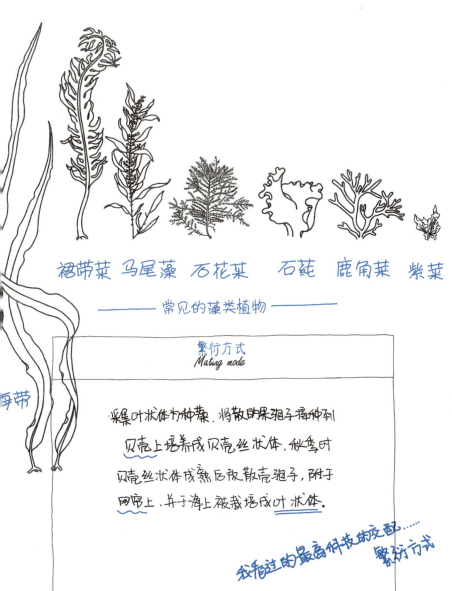

裙带菜 马尾藻 石花菜 石莼 鹿角菜 紫菜

—————— 常见的藻类植物 ——————

繁衍方式
Mating mode

采集叶状体为种藻，将散的果孢子播种到
贝壳上培养成贝壳丝状体，秋冬时
贝壳丝状体成熟后放散壳孢子，附于
网帘上，并于海上被栽培成叶状体。

我看过的最高科技的交配……
繁衍方式

海带

肉质特征（生/熟）
Meat quality characteristics (raw / cooked)

香气清新．鲜味自然．富含膳食纤维。

做法 （生/熟）
Cooking method (raw / cooked)

干紫菜可直接食用或
泡汤．凉拌．拌虾皮等。

用头水紫菜煮面，面汤拿猪骨或者羊
排炖出来，往往会有一层油花。我总
喜欢先把头水紫菜放烤箱烘一下，这
样最后放面上吸油脂和面汤的时
候，有歇斯底里的力道，整片瞬间
胀胀的。那是我吃紫菜面的激情。

典型做法评价 Typical cooking practice evaluation	🐟 🐟 🐟 ◁ ◁
重量 Weight	🐟 ◁ ◁ ◁ ◁
鲜美程度 Degree of delicacy	🐟 🐟 🐟 🐟 ◁
鱼刺疏密度 Fishbone density	◁ ◁ ◁ ◁ ◁
纤维硬度 Meat fiber hardness	🐟 ◁ ◁ ◁ ◁
湿软程度 Degree of wetness and softness	🐟 🐟 🐟 🐟 ◁
软颗粒感 Soft granular sensation	🐟 🐟 ◁ ◁ ◁

后记

2020年米其林最吸睛的莫过于奖励可持续发展，星星之外，多了一颗绿色苜蓿草标志，代表"可持续发展美食（gastronomiedurable）"，以奖励厨师思考食物与餐饮永续发展的创造力与用心。

总有人先意识到，水产的家是整个地球蔚蓝色的地方，这里没有国与国的区别，是地球人共同的事。东京米其林三星餐厅Quintessence的主厨岸田周三先生，同时从事水产资源的保护活动。他也是全世界我最崇敬的主厨之一。

日本电视节目《最好的盛宴》中，曾介绍岸田周三先生为热播连续剧《东京大饭店》设计菜品的想法，在提到"金枪鱼与水产资源"时，我很感触。

跟中国的状况一样，日本的水产资源也在持续地缓慢减少，因为日本人习惯大量食用水产类食物。名厨大多对食材要求较高，所以更敏感。而日本一直在食用的太平洋蓝鳍金枪鱼（太平洋黑鲔），现在的产量比1960年时减少了3%～12%——日本水产目前处于枯竭状态了。

正如岸田周三先生所言："大家平时在超市随时见到有鱼在卖，可能没怎么感觉到国产鱼（日本）实际上正在慢慢被进口鱼代替。而与水产资源的减少相伴的是真正高品质的鱼的减少。正是因为我每天都下单订货亲手摸到鱼，才切实感受到了鱼的品质正在慢慢变差。我意识到必须得做些什么才行，于是和厨师、记者等大概30人成立了非盈利性组织进行水产资源的保护活动。"

现在多数厨师已经没办法找到最高级别的金枪鱼了。岸田周三先生之前和"数寄屋桥次郎"的二郎先生（寿司之神）聊天，听他说到二三十年前大概在三等、四等水平的金枪鱼，如今已变成一等鱼了。

《东京大饭店》中曾出现过一道金枪鱼做的菜，其实岸田周三先生一开始是拒绝导演组的要求的。但随着制作方的劝说，他也发现，更好的办法是告诉观众要珍惜来之不易的食物。

这跟我写这本书的初衷是一致的。好消息是，由于对水产资源的彻底保护，大西洋蓝鳍的产量正在慢慢恢复，其他的水产资源，应该也可以。

真的，再好吃的东西，吃的和被吃的，都需要休息一下。

图书在版编目（CIP）数据

海错图爱情笔记：鱼水之欢 / 神婆爱吃著. --上
海：上海三联书店，2020.8
ISBN 978-7-5426-7005-2

Ⅰ.①海…　Ⅱ.①神…　Ⅲ.①随笔-作品集-中国-
当代Ⅳ.①I267.1

中国版本图书馆CIP数据核字（2020）第052374号

海错图爱情笔记：鱼水之欢

著　者 / 神婆爱吃

责任编辑 / 李巧媚
装帧设计 / shinorz.cn
监　制 / 姚　军
责任校对 / 张大伟　王凌霄

出版发行 / 上海三联书店
　　　　　（200030）中国上海市漕溪北路331号A座6楼
邮购电话 / 021-22895540
印　　刷 / 上海承世印实业发展有限公司

版　次 / 2020年8月第1版
印　次 / 2020年8月第1次印刷
开　本 / 787×1092　1/32
字　数 / 150千字
印　张 / 9.25
书　号 / ISBN 978-7-5426-7005-2/I·1622
定　价 / 48.00元

敬启读者，如本书有印装质量问题，请与印刷厂联系021-66552038